La Secrétaire des dieux

Marie Douce Willis

La Secrétaire des dieux

Publibook

Retrouvez l'ensemble de notre catalogue sur le site des éditions Publibook :

http://www.publibook.com

Éditions Publibook,
14, rue des Volontaires
75015 Paris – France
Tél : +33 (0)1 53 69 65 55

IDDN.FR.010.0105464.000.R.P.2005.035.40000

Cet ouvrage a fait l'objet d'une première publication aux Éditions Publibook en 2005

A Denise, qui m'a dit un jour :
« parce que tu as La Connaissance »

A toutes celles qui ont une route
de meneuse ou de défricheuse

En hommage à celles
qui ne sont là que pour taper.

En tout état de cause,
je dédie ce livre à mes copines.

In limine litis

Entre Dieu et l'Homme,
Il y a le prêtre ou le médium,
Entre les gens comme vous et moi,
Et les gros dealers sans foi ni loi,
Il y a la secrétaire de tous ceux
Qui se prennent pour des dieux !

On dit que la vie est un combat quotidien. Certes, mais pour qui, pourquoi et comment survivre ! ?

Par instinct. Chacun doit boire à sa propre source et surtout chercher à savoir ce qu'elle contient exactement, quitte à plonger au plus profond... de soi-même pour réussir à trouver sa ligne de conduite, son cheval de bataille ou sa légende... Pas si évident ! A chacun sa réponse... Avez-vous trouvé la vôtre ?

Certains cherchent un tant soit peu et, à défaut d'en trouver une, y renoncent, se font une raison et arrivent à vivre tant bien que mal ! Ce ne sont pas les plus malheureux ni les plus bêtes... mais vivent-ils vraiment ou plus exactement existent-ils vraiment ?

D'autres cherchent inlassablement la réponse et se torturent l'esprit à vie. Il y a de quoi devenir fou ! Est-ce bien raisonnable ?

En tout cas, moi, j'ai envie de trouver la réponse ; elle est peut-être là, tout près... vers la fin de ce livre et vraiment je suis heureuse de savoir que vous allez vivre avec moi, pas à pas, cette expérience. Merci de m'accompagner tout au long du chemin en espérant que je ne vous rendrai pas tous fous.

Prologue

11 décembre 1998 :

Personnellement, je trouve qu'il est plus facile de surmonter certaines situations lorsqu'on devient indifférent à son mal, qu'on ne Pense plus, que l'on fait le vide dans sa tête. On arrive alors plus facilement à s'organiser une autre vie et à jouer le rôle d'une autre personne. Et bizarrement, c'est peut-être justement à ce moment là que l'on est vraiment soi-même.

A l'heure actuelle, j'ai l'impression de ne plus être la même personne. C'est comme si, il y avait eu l'avant (une personne qui m'est complètement étrangère, tellement j'ai du mal à croire que c'est moi qui ai fait tout cela...) et maintenant, c'est l'après (une personne que je découvre sous un nouveau jour, en étant surprise de voir tout ce qu'elle peut réaliser).

Entre les deux, je ne me sens pas du tout à l'aise, car d'un côté j'ai le sentiment confus d'avoir perdu quelque chose d'important et de l'autre, de courir après un rêve, quelque chose d'irréel.

Je ne vois pas comment je pourrai être heureuse et m'épanouir dans cette vie. Et cette envie soudaine d'écrire, de me raconter, c'est comme une petite lumière qui s'allume dans ma tête et qui m'annonce que, plus j'avancerai dans mon récit, mieux je comprendrai le pourquoi du comment. La réponse est là, au bout... il faut que je la trouve.

Je n'ai pas encore le sentiment d'avoir réussi grand chose, mais à bien y regarder, des changements importants sont intervenus, et rien n'est plus comme avant. Je me sens prise maintenant dans un engrenage, et je ne peux que continuer. Je n'ai pas d'autre choix. Mais ce n'est pas plus mal. Car au moins, si je ne Pense plus, je Bouge, donc J'EXISTE.

7 janvier 1999 :

Tous les soirs, je me dis que je ferais mieux de prendre l'habitude de me coucher tôt, pour me lever tôt... et en forme !

Maintenant que je bosse à plein temps (ça me fait penser à une chanson, mais pour moi, c'est loin d'être une vie d'artiste !), il faut absolument que je récupère !

Je n'ai pas un travail épuisant, mais c'est cette envie de ne pas aller bosser – mais plutôt le besoin de rester bien au chaud dans mes draps – qui me casse le moral... et les pieds ! Paresseuse ?

Disons que lorsque je me lève, oui, je suis déjà fatiguée, mais surtout très contrariée. Eh bien cela promet, me direz-vous !

En fait, je supporte de moins en moins l'idée d'aller travailler pour un patron qui n'aura encore rien compris, qui me dictera sa loi et qui ne verra en moi que celle qui est là pour taper... et non pas pour Penser ! Cela devrait me faire plaisir – au contraire – de savoir que je suis utile et que je suis un élément indispensable à la réussite... des autres !

OUI, mais pas comme ça ! Pourquoi les patrons ne comprennent-ils pas qu'ils sont eux aussi des Travailleurs, qu'ils font partie eux aussi de « la Masse », et qu'ils doivent ***eux aussi*** *respecter les règles ! On est tous là pour la même raison, je crois : pour gagner notre pain quotidien ! A moins qu'ils n'aient pas besoin, eux, de se nourrir. Mais il n'y a que les dieux qui ne mangent pas. A moins qu'ils ne se prennent pour des dieux !*

Bref, je resterais bien au lit une demi-heure de plus ! ! !

Et pourtant, l'avenir appartient à ceux qui se lèvent tôt dit-on ! J'aimerais bien avoir l'avis des ouvriers qui se lèvent tous les jours à 4 heures du matin. Est-ce vraiment la joie ? ? Très sincèrement, je ne crois pas, mais je les admire, car ce sont souvent les plus optimistes.

En fait, qui fait vraiment ce qu'il a envie de faire ? Je ne vois que les artistes ou les gens qui ont très tôt une vocation. Ah, j'aurais aimé être une artiste ! Ou être dans les petits papiers du Bon Dieu !

En ce début d'année, je pourrais quand même essayer de prendre quelques bonnes résolutions, déjà de me dire que c'est bientôt minuit et que c'est l'heure d'aller me coucher pour être en forme demain pour le boulot.

26 août 2000 :

Plus d'une année est passée. Je n'ai pas dormi sur mes lauriers, rassurez-vous, mais je n'ai plus trouvé le temps ou l'envie sans doute de m'occuper de mes affaires personnelles.

Mes activités extra-professionnelles, associatives notamment, m'ont totalement accaparée, mais m'ont permis à présent d'ouvrir les yeux et d'apporter un regard plus objectif sur moi.

En fait, tout devient plus facile lorsqu'on a réussi à trouver sa voie. Il m'aura fallu plusieurs années pour le comprendre, mais maintenant que je sais où aller et quoi faire, je n'ai plus une minute à perdre.

C'est comme une voix qui résonne sans cesse dans mon esprit et qui me dit : Bouge-toi ma fille et le ciel t'aidera !

Je me suis souvent demandé comment j'arriverais à écrire ce livre et à intéresser mes lecteurs sans que cela ressemble à une banale autobiographie. Mais la réponse m'est venue tout naturellement : j'ai pensé qu'il serait plus simple, pour arriver jusqu'à la fin de ce bouquin, de raconter une histoire, inventer des personnages, monter une intrigue, etc... Bref, écrire un « roman », Encore faut-il avoir de l'imagination et un certain talent de narrateur, à défaut d'être un vrai écrivain ou un littéraire accompli !

Bref, une secrète intuition m'a guidée vers vous, chers lecteurs, et si elle s'avère être bonne, cela voudra dire que j'aurai enfin réussi à trouver le chemin de La Connaissance et j'espère que vous connaîtrez un jour vous aussi les joies de la révélation, si ce n'est déjà fait.

Bien sûr, toute ressemblance avec des personnages ou des situations n'est pas le fruit d'un pur hasard mais d'une envie légitime de faire éclater quelques vérités.

*Comme ma mère qui a trouvé sa vocation grâce à sa mère,
j'ai trouvé la mienne aujourd'hui, grâce à elle.*

Introduction

Comme on le fait pour la bande-annonce d'un film, je vous présente mes personnages :

L'action se situe dans la région parisienne.

Laura DOUCE, 40 ans, Secrétaire dans un Cabinet d'Avocats à PARIS, héroïne du roman, vit seule avec son fils Jérémy WILLIS, 19 ans, étudiant ; ils habitent dans un petit appartement à CERGY PONTOISE ;

La Famille de Laura, parents, 2 frères, 2 autres sœurs, habitent le Sud et un peu partout dans le monde...

Marie-Ange BELLE épouse de LA NORMANDIE, la grande amie de Laura, 38 ans, Infirmière, mariée à Robin, Pilote de ligne, deux enfants, des jumelles, Sandy et Sandra, 13 ans, lycéennes ; la famille habite dans un pavillon à VERSAILLES.

Thierry, frère aîné de Marie-Ange, 43 ans, Libraire, marié, 1 enfant ; vit à PARIS Saint-Cloud.

Bruno, frère cadet de Marie-Ange, 22 ans, célibataire, étudiant ; vit à PARIS Trocadéro.

Monsieur et Madame de LA NORMANDIE, les parents de Robin ; habitent ROUEN.

Jean-Jacques BENVENUTI, 50 ans, Officier de Police Judiciaire, 2 enfants, Pascal 15 ans et Aurélie 17 ans ; la famille vit entre Paris et MIAMI (je ne peux pas en dire plus...).

Didier BENVENUTI, 45 ans, Gérant d'un bar restaurant boîte de nuit à PARIS Champs Elysées (je ne peux pas en dire plus...).

Dominique BENVENUTI, 47 ans (je ne peux pas en dire plus...)

Monsieur et Madame BENVENUTI, les parents des 3 frères ; ils habitent à CHARTRES.

Et tant d'autres... Marie-Chantal, Sylvie, Virginie, Marthe, les copines et les collègues de bureau, les avocats, les médecins, etc...

1. « Tout vient à point à qui sait attendre »

Marie-Ange reprit ses vieilles habitudes. Comme tous les mercredis soirs, avant d'aller récupérer ses enfants à la patinoire de Saint-Cloud, elle se rendit gaiement au point de rendez-vous convenu avec Laura.

Elle était impatiente de montrer à son amie les photos de son séjour à NEW-YORK. Pas question de rater ce grand moment. Elle avait tant de choses à lui raconter.

Elle aurait cependant le temps de revoir les photos plusieurs fois avant que Laura ne quitte le Cabinet d'Avocats où elle travaillait. Celle-ci en effet avait réussi à joindre Marie-Ange sur son portable pour la prévenir qu'elle serait en retard.

— Marie-Ange, c'est moi, j'ai une urgence, je ne pourrai pas être là avant 19 heures. Tu peux m'attendre ?

Marie-Ange s'exclama aussitôt :

— Non mais je rêve, juste ce soir ! répondit-elle sur un ton excédé, je vais finir par croire qu'ils le font exprès !

Laura poussa un long soupir. Marie-Ange enchaîna immédiatement.

— Bon, je t'attends, mais fais vite car il faut que je récupère les jumelles plus tôt ce soir, dit-elle plus calmement.

— Ecoute Marie-Ange, je ne suis pas une mitraillette, tu le sais bien. Si tu ne me vois pas à 19 heures, vas-y, tant pis, on se verra mercredi prochain.

— Ah non ! fit-elle sur un ton péremptoire, je ne pourrai pas attendre jusque là, j'ai une surprise pour toi. Allez, ne perds pas ton temps au téléphone, je t'attends. A tout de suite.

Et Marie-Ange appuya sur la touche rouge de son portable avant que son amie ne puisse répliquer quoi que ce soit.

Laura, décontenancée, inspira profondément avant de lancer ses doigts sur le maudit clavier.

Tout en tapant, son esprit vagabondait et Laura essaya d'imaginer ce que pouvait être la surprise. Marie-Ange revenait des Etats-Unis et celle-ci sans doute avait dû lui ramener quelque chose. Aussi, elle acheva comme par enchantement son travail en un temps éclair.

Marie-Ange était une fille excessivement généreuse et rapportait toujours un cadeau à son amie chaque fois qu'elle partait en voyage dans un pays lointain. Laura était très touchée par cette marque d'attention, d'autant plus que Marie-Ange n'oubliait jamais d'offrir un cadeau à Jérémy, le fils de Laura, qu'elle considérait un peu comme le sien.

Marie-Ange prit son mal en patience. L'attente n'était pas si désagréable. C'était presque la fin du mois d'août, une douce soirée d'été, et dans sa robe bleu-azur décolletée, elle attira plus d'un regard. A 38 ans, mariée avec deux enfants, elle était toujours comme avant.

Laura l'avait connue, jeune fille, à 18 ans, extraordinairement belle, genre Carole BOUQUET, avec un tempérament tout feu, tout flamme. Pas comme Laura, qui est plutôt style-genre pataud, avec 2 de tension.

Robin, le mari de Marie-Ange n'a toujours pas compris comment elles parvenaient à s'entendre. Mais les maris ne peuvent pas comprendre. Il est vrai qu'elles s'accrochent souvent – pour des riens – mais elles sont devenues au fil du temps des amies inséparables.

Laura arriva enfin à 19 heures pile, comme prévu. Il était grand temps, car Marie-Ange redoutait l'abordage du grand rouquin accoudé au bar qui la lorgnait depuis un long moment en se tortillant dans tous les sens.

Marie-Ange se leva immédiatement, fit un clin d'œil à son amie, la saisit par le bras et l'entraîna dehors sans mot dire. Laura ne fut pas surprise par ce comportement et fut plutôt ravie de pouvoir changer d'horizon.

Elle n'aimait plus trop s'attarder dans ce lieu depuis qu'elle y avait croisé quelques têtes bien connues et indésirables... Valait mieux s'éloigner le plus possible du Palais. Marie-Ange avait choisi cette brasserie pour éviter à son amie de faire un long trajet après son travail, étant donné les dépassements d'horaires fréquents qu'elle devait subir.

Après avoir fait quelques pas, elles éclatèrent de rire tout en se faisant la bise.

— Alors ma vieille, à peine arrivée et tu commences déjà à faire des ravages !

— Tu parles d'une touche ! Un ver solitaire fringué à la « mords-moi-le... » ! Mais qui voudrait de ce type... même pas une fille de joie sur une île déserte !

Laura se mit à rire de plus belle. Elle se demandait toujours où son amie pouvait aller pêcher de telles expressions, peut-être dans le milieu professionnel où elle évoluait. En tant qu'infirmière, elle devait en voir et en entendre de belles !

Puis rapidement, Marie-Ange s'enquit des nouvelles de son amie.

— Alors comment vas-tu Laura ?
— Ca va, ça va, sauf que je me languis ce soir d'être enfin dans mon lit. Ils m'ont particulièrement usée aujourd'hui tu sais.
— Ouais, j'imagine... bon Laura, oublie tout pendant un moment, je vais te faire rêver, OK ?

Laura scruta son amie et perçut dans ses yeux une lueur nouvelle.

— Quoi, qu'est-ce qui se passe, ne me dis pas que tu vas aller vivre aux Etats Unis ! ?
— Mais non, je veux juste te montrer les photos de mes vacances là-bas, mais attends...

Et elle sortit deux petits cadeaux de son sac.

— Tiens, celui-ci c'est pour toi. Et celui-là pour Jérémy.

Laura fit sa traditionnelle moue de petite fille surprise et découvrit son cadeau : c'était une statuette en bois d'olivier représentant la statue de la liberté. Marie-Ange avait le don de toujours savoir ce qui lui ferait plaisir. Elle la remercia vivement et son amie lui indiqua qu'elle avait choisi une super casquette pour Jérémy. Laura n'en douta pas.

Ainsi, tout en marchant et en s'exprimant avec volubilité, elles arrivèrent sur les quais de la Seine. Les bateaux-mouches passaient et repassaient inlassablement et chaque fois, pour Laura, c'était un tableau attendrissant, sans qu'elle sache trop pourquoi.

Elles s'arrêtèrent à la rampe d'un pont et s'assirent à même la pierre. Marie-Ange commença à étaler ses photos et à faire des commentaires passionnés. Cela prit un bon moment. C'est Jérémy qui craquerait en voyant ces photos, pensa furtivement Laura. Son fils rêvait de fouler la terre d'Amérique. Elle pensa même que Jérémy n'était peut-être pas étranger à cette terre… mais ceci est une autre histoire !

Le temps passait décidément trop vite pour Marie-Ange qui consulta enfin sa montre et se rendit compte aussitôt qu'elle devait partir immédiatement pour aller récupérer ses filles.

Marie-Ange accompagna Laura à sa station R.E.R. en direction de CERGY-PONTOISE, reprit sa voiture au parking puis traça sur VERSAILLES en passant d'abord par Saint-Cloud pour récupérer ses filles. Malgré le récit enthousiaste de ses filles qui avaient été toutes les deux sélectionnées pour le championnat, Marie-Ange garda une pensée quelque peu inquiète pour son amie qu'elle n'avait pas trouvée en pleine forme. Elle se promit de l'appeler ce week-end.

Le trajet en RER durait environ 45 mn et comme tous les Parisiens – elle avait vite appris à faire comme eux – Laura reprit la lecture de son livre « L'Alchimiste » de Paulo COELHO. Mais ce soir là, son esprit était ailleurs et elle n'arrivait pas à se concentrer sur son livre, qui méritait pourtant une attention particulière. Elle le referma prestement et posa un regard nonchalant autour d'elle.

Elle ne vit que des visages inexpressifs, sans joie et fatigués, comme le sien sans doute, sauf que les yeux de Laura, eux, exprimaient en plus de la tristesse. Elle pensa alors à son fils qui devait l'attendre bien sagement. Même âgé de 19 ans (bientôt 20), elle le voyait toujours comme un jeune enfant. Car Jérémy, bébé, ressemblait aux magnifiques poupons des petites filles sages et Laura s'estimait privilégiée ; elle avait fait un arrêt définitif sur l'image. Peut-être parce que la vie ne lui avait pas fait jusqu'à présent d'autres cadeaux.

C'est surtout le métier qu'elle exerçait qui l'attristait profondément. Après avoir mis au monde son bébé, elle fut obligée de gagner sa vie rapidement afin d'élever, seule, son fils et Laura enchaîna stages et petits contrats avant d'entreprendre une véritable formation qui lui permit de décrocher un diplôme de sténo-dactyo-correspondancière et de trouver plus facilement un emploi. C'est là qu'elle se trouva parachutée par hasard dans le milieu des Avocats. Après 3 ans de bons et loyaux services chez différents Docteurs d'Etat en Droit, elle se promit que plus jamais elle ne remettrait les pieds chez un Avocat.

Elle se remémora un jour où l'un de ces « Maîtres du clavier » la fit pleurer devant sa machine, parce qu'elle ne maîtrisait pas suffisamment l'outil informatique et qu'elle n'allait pas assez vite. Derrière elle, il lui dictait ses conclusions et devenait carrément fou furieux au fur et à mesure que Laura peinait et continuait à pleurer. Le client, impassible à la scène, attendait. Quelle humiliation ce jour là ! On l'aurait fouettée, cela n'aurait pas été plus douloureux !

Après un parcours professionnel sinueux, à cause d'une vie privée très instable, dans différentes entreprises et différentes villes de France et de Navarre, elle se retrouva encore par hasard de nouveau confrontée à ce milieu d'Avocats. Néanmoins, son second départ fut moins pénible car elle eut affaire à des Avocats plus sympathiques, sans doute parce que la structure du Cabinet était beaucoup plus importante et que ses patrons étaient eux-mêmes employés comme des Avocats salariés. Laura regrettera toute sa vie d'avoir quitté cette entreprise…

Aujourd'hui, à 40 ans, « Premier Clerc d'Avocat », après maintes péripéties, périples et pérégrinations, elle constate que rien n'a changé dans la mentalité de cette profession… ni dans les petits cabinets. Avant, on travaillait par vocation… A présent, même si l'amour du Droit et la foi en la Justice habitent encore quelques âmes, tout repose sur des considérations d'ordre purement économique et l'embauche des secrétaires d'avocats représente un véritable « business » pour les employeurs friands d'avantages non négligeables, ne reflétant pas, hélas, les véritables critères de choix d'une secrétaire d'avocat.

Laura, pour gagner sa vie correctement, était obligée de cumuler plusieurs emplois et de jongler avec différents cabinets d'avocats, ce qui, à la longue, l'épuisait, car il fallait toujours aller VITE de tous les côtés et surtout ne pas partir avant que le travail ne soit terminé…

Même si personnellement, elle n'avait pas trop à se plaindre par rapport à ses collègues, elle se posait encore plus la question aujourd'hui de savoir ce qu'elle foutait encore dans ce milieu. Cependant, la réponse tombe comme un couperet ! Parce qu'elle ne sait faire que ça !

Pas du tout réconfortée par cette idée, elle cherche toujours une réponse plus convaincante.

Le RER entrait maintenant en gare de CERGY. Laura ne traîna pas dans les rues, car la sécurité dans cette ville nouvelle laissait à désirer. Arrivée chez elle, n'ayant aucune envie de faire la cuisine à une heure si tardive, elle commanda une pizza. Heureusement Jérémy n'était pas difficile. Puis Laura donna le cadeau de Marie-Ange à son fils qui déclara que celle-ci était une tati formidable et qu'il se marierait certainement avec une des jumelles.

Marie-Ange, également, avait été gâtée par la nature et ses deux filles, Sandra et Sandy, qui allaient maintenant sur leurs 14 ans étaient de véritables « petites », comme disait Jérémy, que celui-ci surveillait d'ailleurs de très très près.

Laura sourit à l'idée que son fils pourrait épouser Sandra ou Sandy. Elle pensa au destin qui avait mis Marie-Ange sur sa route 20 ans plus tôt. Les gens ne se rencontrent peut-être pas pour rien finalement ! Et elle commença à se demander si le hasard, dans son cas, n'était pas un enchaînement qui devait au contraire la mener vers un but précis. Du moins, c'est la seule explication plausible qu'elle trouva dans l'immédiat.

Elle se rappela comment elle avait rencontré son amie : Marie-Ange, âgée de 18 ans, après son BAC, errait et cherchait désespérément sa voie et atterrit dans une école privée de Secrétariat médical. Laura, âgée de 20 ans, sans vocation et sans BAC, s'y trouvait également dans le cadre d'un stage de formation financé par les ASSEDIC. Installées l'une à côté de l'autre, elles sympathisèrent et se lièrent aussitôt d'amitié.

Cependant, ni l'une ni l'autre ne restèrent très longtemps dans cette école, pour des raisons bien différentes d'ailleurs. Marie-Ange, parce que très vite, se révéla être totalement allergique aux signes de la sténographie et inapte à se servir d'un clavier, et Laura, parce qu'elle se retrouva enceinte et très embarrassée par cette situation, prétexta qu'elle n'avait aucun atome crochu avec le secrétariat médical.

Elles vécurent ainsi leurs premières « galères » ensemble et s'épaulèrent dans leurs difficultés futures : Marie-Ange, finalement, dans la préparation difficile de son concours d'entrée à l'Ecole d'Infirmières, Laura dans sa préparation non moins difficile de futur « parent isolé ».

Elles réussirent respectivement tant bien que mal leur tâche, puisque Marie-Ange fut reçue Première AVEC MENTION au concours et Laura accoucha d'un beau petit garçon LE JOUR DE NOEL de l'an de grâce 1980.

La semaine s'acheva sans surprises, mais la mélancolie ne quitta pas Laura. Seul Jérémy apportait un rayon de soleil dans le ciel perpétuellement blanc de CERGY et dans la vie de Laura.

Laura était pourtant une battante. Elle avait tout essayé. Après le bilan classique de la quarantaine, elle sombra quelque temps dans une profonde dépression. Puis assez vite, elle chercha une solution et tenta en vain de se reconvertir dans le domaine de l'Animation. Aujourd'hui, elle ne savait plus quoi faire. Même ses activités associatives ne lui apportaient plus l'enthousiasme qu'elle avait connu quelques mois auparavant.

Aussi, elle décida de ne plus rien entreprendre et d'écouter cette petite voix en elle qui lui chuchotait ces quelques mots : *« quand il n'y a plus rien à faire, c'est que cela n'est plus de ton ressort. Il ne te reste plus qu'à* ***attendre*** *et à laisser faire les choses ».*

Laura fut d'abord surprise par cette pensée soudaine qui germait dans son esprit, mais accepta en définitive de suivre ce conseil qui, somme toute, lui paraissait couler de source.

Elle était fatiguée de lutter contre tous les événements extérieurs. Sa mère lui disait souvent *« personne n'a jamais pu empêcher la mer de battre le rivage »*. Elle comprenait aujourd'hui tout le sens de cette phrase.

Elle redoubla de patience en pensant également à Marie-Ange qui n'avait de cesse de lui répéter : *« c'est lorsqu'il n'y a plus d'espoir qu'il faut encore y croire ! »*, ce qui en temps normal n'avait pour effet que d'irriter et d'exaspérer Laura.

Laura donc se mit à Attendre et fit mine d'être indifférente à son mal, mais son regard continuait à exprimer de la tristesse. Elle savait pourtant que tout n'était pas négatif dans sa vie. Elle avait un toit, certes pas très confortable, mais le gîte quand même. Elle avait un boulot, certes pas très épanouissant, mais le couvert quand même. Une bonne santé, un enfant admirable, une amie extraordinaire. Puis, sa famille, certes un peu éloignée, dans le Sud de la France, mais une famille formidable. Bref, la vie de Monsieur ou Madame « TOUT LE MONDE » !

Que lui manquait-il ? L'amour sans doute ! Mais depuis longtemps, elle avait mis un mouchoir dessus et s'était habituée à sa solitude et, bizarrement, elle n'en souffrait plus. Elle avait, pensait-elle, connu suffisamment d'hommes et n'éprouvait plus le besoin d'avoir encore des aventures ni l'envie de vivre de nouvelles expériences.

Elle les connaissait – ces hommes – sous tous les angles, en long, en large, en travers… et sous toutes les coutures, à l'envers et à l'endroit… et même si au départ évidemment, ils étaient tous différents, à l'arrivée… ils se ressemblaient tous. Egoïstes, voire égocentriques. Au début, ils sont tous attentionnés, aux petits soins ; c'est le temps des roses… Puis très vite, ils ne remarquent même plus votre nouvelle robe ou si vous avez pris quelques kilos… Ils sont retournés dans leur monde. Ah ! si j'étais un homme, se disait Laura, je serais capitaine… j'inventerais des histoires…

Il fallait que quelque chose arrive ! Elle était persuadée qu'un changement finirait par avoir lieu. Elle en avait l'intime conviction. Elle espérait seulement qu'elle n'attendrait pas trop longtemps.

(Laura avait raison. Son pressentiment était juste. Mais la panique cependant s'installera en elle quand elle comprendra ce qui va lui arriver. Car sa vie changera du tout au tout et ses rêves les plus fous se réaliseront. Elle aura du mal à croire que le moment est enfin venu. Elle constatera alors tout bêtement qu'elle n'était pas prête à vivre ce grand changement et elle s'en prendra violemment à elle-même. Elle se sentira ridicule et comprendra pourquoi le temps avait repoussé cet événement. Elle réalisera d'un coup que la vie lui donnait en fait un avertissement et que si elle ne réagissait pas immédiatement, il n'y aurait plus aucun espoir pour elle. Elle était loin de penser que ce serait à présent une succession d'heureux événements qui allaient transformer sa vie).

2. « A quelque chose malheur est bon »

Enfin le week-end ! En principe, Laura ne sortait que pour aller faire ses traditionnelles courses du samedi, sinon le reste du temps, elle s'occupait de son petit intérieur. Toute la semaine, elle était par monts et par vaux et le week-end, elle n'avait vraiment aucune envie de reprendre le RER, sauf pour aller visiter la capitale avec Jérémy. Mais ils ne jouaient pas souvent aux touristes, car les tentations à PARIS, nombreuses, n'allaient pas de pair avec le porte-monnaie de Laura.

Elle demeurait donc volontiers chez elle et pendant des heures entières, elle écoutait de la musique, KASSAV surtout. Elle dansait, dansait, jusqu'à épuisement… jusqu'à ce qu'elle tombe dans le gros pouf rouge de Jérémy. Cette musique était devenue une drogue. C'était la seule façon pour elle de refaire le plein d'énergie et de retrouver un peu le moral.

C'était dimanche après-midi. La sonnerie du téléphone vint interrompre sa danse endiablée. Laura pensa immédiatement à Marie-Ange. Elle ne se trompa pas. A peine eut-elle décroché que Marie-Ange était déjà partie sur les chapeaux de roue et parla d'un seul trait sans respirer !

— C'est moi ! Je viens d'avoir Marie-Chantal qui m'a dit que tu voulais quitter le milieu et repartir en Province. Alors c'est quoi cette histoire ? Et surtout ne me raconte pas de bobards !

— Qu'est-ce que Marie-Chantal t'a encore raconté ? ! Décidément, elle parle trop celle fille-là, je suis sûre qu'elle a encore déformé mes propos. Je lui ai simplement dit, sous le coup de la colère, OK je dois l'admettre, que j'allais finir par vendre des bonbons et repartir m'installer au soleil. Mes patrons m'ont encore foutu les boules, mais y a pas de quoi en faire tout un plat !

— Ecoute Laura, je te connais suffisamment pour savoir que ça va pas fort en ce moment. Tu peux me dire ce qui se passe ? J'ai pas envie que tu repartes en déprime !

— T'inquiète pas comme ça Marie. Je me pose juste quelques questions concernant mon avenir. Tu comprends, je m'emmerde royalement chez les Avocats. Et le mot est faible. J'ai l'impression d'être une grosse poupée sur laquelle on appuie sur un bouton, qui bouge la tête, et qui dit oui, et qui dit non et…

Marie-Ange pouffa de rire. Elle imagina un instant son amie transformée en poupée vivante en train de jouer cette scène…

— Excuse-moi Laura, je sais que t'as pas envie de rire, mais je suis en train de t'imaginer dans cette situation et je trouve ça plutôt comique.

— Ouais, si on veut ! Moi en tout cas, j'enlèverais bien la pile, est-ce que tu peux l'imaginer ça ? ! Ils seraient bien emmerdés, tu sais !

Marie-Ange reprit très sérieuse. Ce n'était pas le moment de faire de l'humour.

— Bon, je t'ai coupée. Qu'est-ce que tu voulais ajouter ?

Laura soupira.

— J'sais plus. Y a tellement de choses…
— Bon, commence par le début !
— Ecoute Marie-Ange, tu n'as rien d'autre à faire un dimanche après-midi que d'écouter toutes mes conneries ?
— Ah non, je te rassure ! c'est super intéressant d'entendre les conneries des autres, tu sais, on apprend beaucoup de la vie et finalement c'est le meilleur moyen de se connaître !

Encore un bon point pour Marie-Ange. Elle savait toujours comment s'y prendre pour détendre l'atmosphère. Elle n'était pas née sous le signe de la balance pour rien…

Et Laura se lança :

— En fait, je crois que j'arrive à un tournant de ma vie. Tu sais, j'ai bien réfléchi et j'ai compris que je ne peux pas continuer à rester une simple exécutante. J'ai besoin d'évoluer, de créer. Je voudrais arriver à réaliser quelque chose par moi-même et non plus subir les directives des uns et des autres. Tu comprends, je me sens complètement frustrée. Je ne m'exprime pas. Je ne m'épanouis pas. Je ne me révèle pas. J'étouffe. Tu comprends ça ?
— Ah ! c'est clair que ce n'est pas en continuant à taper sur ton clavier que tu vas y arriver. Tu as dû te tromper de métier !
— Ben voilà, tu viens de mettre le doigt dessus ! Moi, ce que je voulais, c'est être Clerc d'audience. BOUGER. Ne pas être là que pour taper. A l'école, on t'apprend à réagir comme un Clerc, mais dans la pratique, les Avocats ne veulent pas de Clercs. Ah ! ils sont contents que tu sois devenue plus intelligente, mais ils préfèrent que tu continues à rester collée sur ta chaise et les doigts fixés sur le clavier. Tu sais, ils ne veulent pas partager leur boulot, leur savoir ! C'est vraiment une race à part… Ils sont trop individualistes, du moins dans les petits cabinets, car dans

les grosses structures ce n'est pas pareil. Aussi, les plans de carrière sont plus intéressants et on voit toute l'utilité de la Convention Collective, à condition d'avoir des diplômes, c'est la condition sine qua non !

— J'comprends pas. Les Clercs d'Avocats, c'est pas comme les Clercs d'Huissiers ou les Clercs de Notaires ?

— On pourrait le croire en effet. La différence ? Elle est simple : premièrement, leur diplôme est reconnu au niveau national et deuxièmement, ils prêtent serment. Quant à nous, dans la mesure où notre diplôme n'est pas encore homologué et que nous sommes loin de prêter serment, comment veux-tu qu'on nous prenne au sérieux ? Tu sais, les Huissiers et les Notaires délèguent plus volontiers leurs pouvoirs et partagent leur savoir, tandis que les Avocats, eux, veulent tout diriger, tout contrôler. Dans leur profession, il n'existe pas de métier à moitié chemin…

— Alors là, j'comprends encore moins…

— Je t'explique… ou bien tu es Avocat, et encore par les voies normales, ou tu es Secrétaire d'Avocat, sans jamais atteindre le seuil du coefficient cadre. Entre les deux, le Premier Clerc ou mieux, le Clerc, est rarement reconnu, voire inexistant. Quant aux collabos, les pré-stagiaires, et les stagiaires, ils s'intègrent comme ils peuvent. Et le plus souvent, l'Avocat donnera au pré-stagiaire le travail qu'il aurait dû donner au 1er Clerc !

— Mais alors, à quoi sert cette école ? Tu as trimé pendant des années pour avoir un diplôme qui non seulement n'a pas de réelle valeur mais qui en plus est boudé par la profession !

— Et voilà, on en est là aujourd'hui. C'est notre combat ! Il n'y a rien à redire sur la formation, elle est excellente. La seule question qui se pose est de savoir si les Avocats ont véritablement besoin de Clercs. Oui ou non, la réponse est pourtant simple. Mais, ils répondent toujours à côté… En fait, ils sont bien contents d'exploiter et tirer profit de nos connaissances mais ils ne veulent pas nous payer ! Franchement, ça me dépasse. Il doit y avoir une raison d'Etat ou c'est tout simplement une histoire de gros sous ! Bref, moi j'en ai marre de me battre... contre qui, contre quoi ? C'est le pot de terre contre le pot de fer ! On s'en prend à soi-même et ça devient une obsession, ce besoin de reconnaissance... Et figure-toi que je viens de me rendre compte qu'il y a quand même des millions d'autres choses à faire que de bloquer sur ce problème !

— Bien sûr, mais en attendant, vous vous êtes fait piéger par cette profession, car même si tu fais cette formation, juste pour ta gouverne, sans rien attendre en retour, il est quand même logique d'espérer un jour ou l'autre une promotion sur le plan social. Ne me dis pas que tu fais ça juste pour la gloire et qu'ils vous donnent la possibilité de suivre gratuitement une formation... juste pour vos beaux yeux ! Franchement, moi je trouve pas ça très loyal de la part de ces gens-là... Ils doivent tenir leurs engagements sur le plan de la formation et respecter la Convention Collective !

Marie-Ange s'interrompit deux secondes avant de reprendre tout excitée par le sujet.

— C'est comme si on ne reconnaissait pas la spécialité d'une infirmière-anesthésiste par exemple. Ce doit être la même chose pour un Clerc spécialisé en telle ou telle matière : ils ne peuvent pas faire semblant d'ignorer vos connaissances et continuer à vous leurrer !

Laura se mit à ricaner nerveusement :

— Tu parles, d'après un sondage sur les « beaux parleurs » pour ne pas dire autre chose, les Avocats viennent en seconde position après les hommes politiques ! ça fait réfléchir, tu crois pas ?

— Ouais, c'est pas très joli tout ça. Je t'écoute parler de ton milieu, mais tu sais dans le mien, c'est pas mieux, et je dirais même que c'est un peu pareil. Tu vois, c'est curieux, mais j'ai l'impression de rencontrer les mêmes problèmes que toi. Les infirmières, elles, sont souvent opposées aux médecins. On ressent parfois nous aussi un manque de considération et de reconnaissance. Je souffre peut-être moins que toi, parce que dans mon métier j'ai quand même l'impression d'être utile ; je pense aux malades, qui attendent d'ailleurs plus notre passage que celui des médecins. Enfin bref, je t'en reparlerai, mais pour le moment, j'aimerais bien savoir ce que tu comptes faire toi.

— Difficile à dire ! Enfin, à dire, non, mais à faire, oui !

— Quoi, qu'est-ce tu voudrais faire, répliqua Marie-Ange avec impatience.

— C'est difficile à expliquer, mais j'ai envie d'avoir quelque chose à moi. J'ai envie de monter une petite entreprise. Tu vas me dire que c'est complètement fou. C'est clair, je n'ai ni argent, ni relations, mais j'ai des idées et surtout je suis décidée.

— Et quoi comme entreprise, parce que tu sais maintenant, si tu n'as pas un concept original et novateur, tu vas au casse-pipe en moins de deux !

— Je sais. Mais justement, j'ai un projet qui correspond à un manque sur le marché. Je voudrais créer un café club à thème propre à notre secteur et…

Marie-Ange lui coupa la parole assez brutalement :

— Incroyable ! ça alors, figure-toi que j'avais pensé moi aussi à la même chose ! J'en reviens pas qu'on ait les mêmes idées !

— Attends Marie-Ange, ne me dis pas que tu serais prête à abandonner ton métier d'infirmière, tu l'aimes toi, ton métier !

— Oui, je l'aime mon métier, mais cela n'empêche pas que j'ai envie de faire autre chose moi aussi. Et si je ne le fais pas maintenant, à 38 piges, je ne le ferai plus. En fait, pour tout te dire…

Laura sentit son amie très gênée, mais celle-ci l'encouragea à poursuivre.

— Qu'est-ce qui se passe, y a un problème ?

— Oui… Robin doit arrêter de voler, tu sais, ses problèmes cardiaques se sont aggravés. Il est de plus en plus angoissé chaque fois qu'il pilote, à cause du crash de l'année dernière. Il n'arrête pas d'y penser. Il culpabilise toujours. Chaque fois qu'il revient à la maison, on en parle et il me dit « *Est-ce que tu te rends compte que c'est moi qui aurais du piloter cet avion ?* ». Il n'arrive pas à se débarrasser de l'idée d'avoir envoyé son collègue à la mort. Tu sais, c'est affreux. La vie est devenue difficile. Même nos rapports ont changé. Alors, il vaut mieux qu'il arrête. On a donc cherché ensemble une solution et il a décidé d'acheter une brasserie ou quelque chose genre avant boîte, comme ça se fait beaucoup actuellement. Il m'a toujours dit que s'il n'avait pas été pilote de ligne, il aurait été patron d'un club. On pourrait s'associer si tu veux ? Je lui en parlerai dès qu'il rentrera de Londres.

Laura n'en croyait pas ses oreilles. Elle s'attendait à tout, sauf à ça. D'un coup de baguette magique sa vie pouvait être transformée. Son esprit se bloqua littéralement et elle resta bouche bée à la suite de ces longues révélations.

— Allo, Laura…

— Excuse-moi Marie, mais je n'arrive pas à croire à un tel revirement de situation, tu ne m'as jamais parlé de tous ces problèmes, dit-elle d'un air penaud.

— Comment j'aurais pu te parler de tout ça alors que tu étais toi-même en profonde dépression, avoua enfin Marie-Ange.

Ce fut comme une douche froide. Laura réalisa soudain que son amie avait dû vivre des jours difficiles et elle s'en voulut terriblement de n'avoir rien vu ni rien compris de ce qui se tramait dans la vie de Marie-Ange. Elle reprit instantanément ses esprits.

— Mon Dieu Marie-Ange quel gâchis tout ça ! Les jours passent, les années passent, et chacun finalement vit en solo dans son micro-monde ; ce n'est pas ça la vie, hein !

— Je suis bien d'accord avec toi. Notre vie c'est comme un grain de sable parmi six milliards d'autres grains de sable ; il faut arrêter de croire que c'est notre petit grain à nous qui fait tenir la terre et savoir aussi que ce n'est pas un grain en moins qui fera la différence. La terre continuera à tourner et à se retourner avec ses milliards d'humains ! Nous sommes tous dans le même sablier ; il y en a qui passent plus vite que les autres de l'autre côté, mais pour ceux qui ont encore des choses à faire, le temps est compté, et il n'y a pas de secret : il faut se solidariser !

Laura fut stupéfaite par le raisonnement de son amie. Elle ne connaissait pas Marie-Ange sous cet angle. Elle se rendait compte à présent qu'elle avait également vieilli et que la sagesse de la quarantaine commençait à pointer à l'horizon.

Elles continuèrent à discuter de questions métaphysiques encore un long moment et Marie-Ange invita son amie à venir à VERSAILLES un week-end pour essayer de mettre en place un projet de création de bar à thème. Laura pensa alors au destin qui allait peut-être enfin s'accomplir et qu'à partir d'événements malheureux, on pouvait encore construire quelque chose de positif.

Elle passa une semaine dans un état d'esprit beaucoup plus serein et comme par miracle, elle eut droit à une paix royale de la part de ses patrons, comme si eux-mêmes pressentaient un changement bénéfique.

(Laura savait maintenant qu'elle devait se bouger, que rien ne lui serait apporté sur un plateau doré. Mais ce qu'elle ne savait pas encore, c'est qu'un bonheur n'arrive jamais seul. Elle trouvera sa voie ultime dans la création d'une entreprise, mais le changement profond qu'elle espérait secrètement se manifestera indirectement par l'entrée fracassante de Jean-Jacques qui sera l'élément déclencheur de toute une série d'événements mais surtout qui dirigera Laura sur la voie de l'amour...).

3. « Ce que femme veut, Dieu le veut »

Jean-Jacques hésita avant de composer le numéro de téléphone. Puis, il se lança. Après tout, il ne s'engageait à rien.

Laura, sur un ton très professionnel, fit semblant de ne pas le remettre.

— Mais souvenez-vous, je vous avais appelée avant les vacances au sujet de l'affaire « DU SIECLE » ; Je voulais vous offrir un café et vous m'avez répondu que ce n'était pas possible... que vous n'aviez pas le temps parce que vous partiez en vacances le jour même... Je vous ai même laissé mon numéro de portable !

— Ah oui... excusez-moi... Vous allez bien, vos vacances en Corse se sont bien passées ?

— Trop court... et pour vous ?

— Trop court aussi... c'est dur de reprendre...

La conversation fut banale mais devint très vite amicale et Jean-Jacques renouvela sa proposition d'offrir à Laura un café. Il avait grande envie de faire sa connaissance. En fait, il avait été très attiré par le timbre particulier de sa voix... Laura pourtant n'avait pas une voix 3615 Code Alicia mais plutôt une voix de 3615 Code Mère Téresa !

Laura s'affola. Elle ne pouvait pas – comme ça – aller boire un café avec un homme qu'elle sentait prêt à tout... Elle prétexta être très débordée à cause de ses obligations associatives, redemanda très poliment le numéro de téléphone portable de Jean-Jacques (bien qu'elle l'ait noté précieusement dans son carnet par réflexe féminin) et promit de l'appeler dès qu'elle serait libre.

Laura n'en revenait pas. Elle ne pensait vraiment pas que ce type la rappellerait dès la rentrée, le 1er jour de septembre !

Elle se souvint comment elle s'était fait rabrouer par sa patronne au sujet de ce dossier « DU SIECLE ». Laura n'avait rien compris au message laissé par l'autre secrétaire, lui demandant de prendre contact avec ce Monsieur Jean-Jacques pour lui communiquer une adresse. Celui-ci est tombé des nues en disant à Laura que ce n'était pas l'objet de sa demande. Bref, un quiproquo quelque peu embarrassant s'était installé entre eux, qui a empiré avec l'intervention de sa patronne qui a ordonné à Laura très sèchement de rappeler immédiatement Monsieur « JEAN-JACQUES » pour avoir des explications complémentaires.

Laura s'exécuta, très contrariée par l'attitude hautaine de sa patronne qui encore une fois n'avait pas manqué l'occasion de faire comprendre à Laura qu'elle était bête… ben voyons ! :

— Mais enfin, Laura, réfléchissez ! C'est évident ! (Magister dixit !)

Avec Madame « SCIENCE-INFUSE », tout était clair comme de l'eau de roche !

En tout cas, Laura n'était pas mécontente cette fois-ci que ce fâcheux incident ait eu lieu puisque cela pourrait éventuellement servir ses intérêts. Si Jean-Jacques devait être « le futur compagnon », elle comprendrait enfin pourquoi elle devait travailler dans ce Cabinet auprès de « La

Guestapiste » : passage obligé pour connaître enfin l'Amour !

Du coup, elle en sut gré à Maître « SCIENCE-INFUSE », et s'appliqua dans son travail plus que d'habitude.

Cependant, Laura s'excita outre mesure. Elle voyait déjà trop loin. Deux ans déjà qu'elle ne fréquentait plus d'homme ! Ce n'était pas une raison pour tomber dans les bras du premier venu ! Jean-Jacques ne lui avait proposé qu'un café mais elle ne pouvait s'empêcher d'avoir une arrière-pensée. Divorcé, 2 enfants, bonne situation, à la recherche d'une nouvelle âme sœur : tout ce qui convenait à Laura !

SAUF qu'elle devait perdre 20 kilos illico presto ! Impossible ! Elle était prise au piège ! Comment avait-elle pu en arriver là ! Elle n'arrêtait pas de se poser la question. Et Laura eut mal au cœur et mal au ventre. Une douleur insupportable. Elle en eut les larmes aux yeux. Des larmes de rage. Sa nouvelle joie se transforma rapidement en angoisse totale !

Comment allait-elle s'y prendre ! A force de se laisser aller et de ne pas s'occuper de son petit corps, elle est devenue grosse, grasse, flasque… par dépit, par ennui, par chagrin, par lassitude de la vie… en arrêtant aussi de fumer ! Comment d'ailleurs a t-elle pu s'arrêter de fumer et ne pas pouvoir maîtriser son poids ?

Laura se trouva dépitée et paniqua complètement. Elle avait peur de rencontrer Jean-Jacques. Honte d'elle, tout simplement ! Elle comprit tout le ridicule de la situation et se détesta pour n'avoir pris aucun soin de sa ligne. Elle avait réussi à se convaincre qu'il ne pouvait plus y avoir aucun homme pour elle. Alors, d'un naturel gourmand, les kilos ont très vite pris possession du corps de Laura. Et en deux ans, elle avait pris 20 kilos. C'était énorme. Et elle se rendait compte, à peine maintenant, que c'était INSUPPORTABLE !

Que faire ? Evidemment, elle ne lui plaira pas. C'est clair ! Dormir et ne plus manger ! C'est le moyen le plus rapide ! Pour maigrir à coup sûr, il faut faire comme ceux qui crèvent de faim ! Ne plus manger ! Mon Dieu, pensa t-elle, si ceux qui n'ont rien à bouffer savaient ce que je suis en train de calculer, ils me tueraient sans pitié ! C'est vraiment le monde à l'envers !

C'est Jérémy qui débloqua enfin la situation. Elle avait évoqué avec lui, dans une discussion tout à fait ordinaire, sur un ton naturel, ses chances de rencontrer un potentiel amoureux mais elle lui avait avoué quelque peu gênée son problème :

— Tu crois toi que je pourrais encore plaire à un homme, grosse comme je suis ?

La réponse ne se fit pas attendre tant celle-ci était évidente pour Jérémy.

— Mais enfin maman, on est comme on est… tu n'as pas plus de kilos qu'une femme enceinte, si tu ne lui plais pas, eh bien tant pis pour lui, il ne sait pas ce qu'il perd !

Jérémy répondit avec une telle assurance que Laura ne sut quelle attitude adopter en cette circonstance et elle se mit à rire… bêtement.

Elle savait qu'elle avait un gentil garçon et ces quelques mots la touchèrent profondément. Elle réalisa soudain que son fils était devenu un homme, car c'était une réflexion de personne mûre, un raisonnement qu'on acquiert avec l'expérience de la vie.

Elle décida finalement qu'elle se rendrait COOL à son rendez-vous avec tous ses kilos en trop et qu'elle essaierait d'être naturelle, gaie et bien dans sa peau. Elle savait qu'elle prenait un risque – de ne plus le revoir – mais tant pis. Ce serait un signe pour elle, le déclic, de faire enfin ce régime, pour se mettre en situation de plaire davantage et non plus en situation d'échec.

Laura comprit ainsi que sa phase de vie, seule, devait prendre fin, car une vie à deux était encore possible. A 40 ans, beaucoup de femmes, Dieu merci, arrivaient à refaire leur vie, et peut être leur nouvelle union était-elle plus durable, car mûrement choisie et attendue.

Laura prit son courage à deux mains et osa téléphoner. L'espoir est plus fort que tout ! Elle se surprit elle-même !

Mais elle tomba sur son répondeur, et plutôt soulagée, laissa un court message en demandant à Jean-Jacques de la rappeler sur son portable.

L'après-midi passa très lentement, tellement lentement que Laura eut le temps de manigancer dans sa tête tout un plan pour tenter de séduire Jean-Jacques au cas où elle ne lui plairait pas… Puis soudain, elle pensa que Jean-Jacques pouvait tout aussi bien ne pas lui plaire. Du coup, elle se sentit plus « légère », mais cette sensation ne dura pas longtemps tant elle avait le pressentiment que ce serait forcément quelqu'un de « bien »…

Jean-Jacques rappela enfin Laura. C'était samedi en fin d'après-midi. Il voulait la rencontrer le soir même. Prise de court, Laura se perdit dans des explications plus ou moins saugrenues – un colloque à préparer, un publipostage à faire – et finit par lui avouer qu'elle préférait le voir dans le courant de la semaine prochaine, car elle serait beaucoup plus disponible. Cependant, ils discutèrent longtemps de tout et de rien et la curiosité de chacun fut un peu plus satisfaite.

Et Jean-Jacques appela Laura tous les soirs. Une tendre amitié naquit entre eux. Cela remit du baume au cœur de Laura.

Cependant Laura, suivant une idée précise, orienta davantage la conversation sur le métier que Jean-Jacques exerçait. A vrai dire, ce n'est pas un métier que Laura portait dans son cœur que celui de policier ! Elle avait entendu tellement de gens se plaindre de ces « sales flics » qu'on avait tendance à les mettre tous dans le même sac. Mais à bien y réfléchir, il y a des sales métiers et des « sales cons » de partout et pourtant, il existe des gens formidables de par le monde et dans tous les milieux professionnels. Comme dans le milieu des Avocats, il existe Maître BADINTER ou chez les Médecins, le Professeur BARNARD ou chez les flics, le Lieutenant « COLUMBO » forcément ! Et la liste n'est pas exhaustive ! Loin s'en faut !

Jean-Jacques, lui, était un Officier de la Police Judiciaire à la Criminelle et c'est dans ce contexte qu'il avait informé le Cabinet de Maître SCIENCE-INFUSE de la garde à vue d'un client. Et comme d'hab, c'est la secrétaire qui décroche le téléphone et qui prend note du message. Et pour Laura, chaque fois, c'est un moment pénible, car elle sait que peu de temps après, c'est la famille – angoissée – et le plus souvent la maman, la femme ou la sœur qui appelle pour avoir des nouvelles de la personne mise en garde à vue ou déférée au Parquet.

Laura se rendait compte jour après jour qu'il fallait avoir des nerfs d'acier pour être secrétaire chez des Avocats pénalistes. La pression de la famille était très forte. Et Laura, toujours à vouloir trouver des excuses à la veuve et à l'orphelin, était en fait très naïve, car bien souvent les clients étaient de véritables braqueurs ou violeurs... mais une maman reste toujours une maman, même si son enfant a commis quelques bêtises ou les pires crimes ! Et Laura supporte difficilement la détresse des mamans...

Laura éprouva le besoin de confier à Marie-Ange ses premières impressions sur Jean-Jacques, mais elle se ravisa rapidement. Etait-ce bien raisonnable ? ! Décidément, qu'on ait 20, 30, 40 ou même 50 ans et des poussières... on réagit – toutes – comme des collégiennes !

Laura parvint à contrôler ses sentiments et à se convaincre qu'il était préférable de parler lorsqu'il y aurait quelque chose à dire et d'arrêter à son âge de parler dans le vide ou de parler pour rien dire !

Bref, il fallait qu'elle devienne enfin une grande fille et qu'elle réalise qu'il n'est pas toujours bon de raconter sa vie aux autres ! Mais les filles sont des filles, et Laura avait besoin d'être rassurée. Vers qui se tourner, ci ce n'est vers sa mère. Bien qu'une maman ne soit peut-être pas mieux placée pour discuter des choses intimes ! Mais elle l'appela quand même, sans aborder toutefois son véritable problème, juste pour entendre sa voix quoi !...

Elle devait, seule, affronter sa vie de femme. Dans ce domaine, de toute façon, chacune agit suivant ses propres impulsions et les conseils des autres en la matière ne servent à rien. Chacune doit vivre et faire sa propre expérience et même si l'on pense qu'un cas ressemble à un autre cas, il y aura toujours un détail qui fera la différence et qui fera que chaque cas est un cas unique. Donc, inutile de perdre son temps dans de vaines discussions.

Elle garda ainsi son « lourd » secret jusqu'au jour de sa rencontre avec Jean-Jacques qui ne se fit pas attendre. Laura le rejoignit un fameux vendredi soir vers 19 heures au CLUB BARACHOIS. Laura, pour mettre un terme à ce qui devenait un véritable calvaire, avait enfin accepté, sans se poser plus de questions.

Elle appela Jérémy pour lui dire qu'elle rentrerait plus tard à cause d'une réunion associative, et l'heure venue, sans réfléchir, elle se rendit d'un pas rapide au lieu de rendez-vous indiqué par Jean-Jacques. Elle fut agréablement surprise par cet endroit dont elle avait si souvent entendu parler mais qu'elle ne connaissait pas. Dès son entrée dans les lieux, elle se sentit comme chez elle. Elle pivota sur place et ne savait plus où poser ses yeux. La décoration du hall d'accueil était une invitation au voyage et réveilla en Laura son âme d'exploratrice.

Elle vit tout de suite se diriger vers elle un grand gaillard, cheveux blonds cendrés, avec des yeux très bleus dans un visage sympathique et souriant. Vêtu d'un jean et d'un pull marin, il se fondait dans le décor paradisiaque de ce vingt mille lieux sous les mers. Jean-Jacques comprit tout de suite qu'il avait affaire à Laura :

— Imperméable bleu, petit cartable bleu, vous êtes Laura ?

— Oui… dit-elle quelque peu intimidée.

— Je me présente, Jean-Jacques, venez on va s'installer dans une grotte au fond.

Laura était époustouflée par cette reconstitution sous-marine et ce décor navire dans un bistrot parisien. Les couleurs étaient extraordinairement belles et assorties dans différents tons de bleus et verts, pourpres et violets. Elle était plus attirée par l'endroit que par l'homme… et quand elle s'en rendit compte, elle daigna enfin poser un regard sur Jean-Jacques qui semblait fort amusé du comportement de Laura qui s'exclamait devant la beauté des lieux. Elle en avait oublié ses rondeurs et se retrouvait d'un air béat dans un fauteuil en forme de coquillage.

— Ça vous plaît ?

— Enormément ! C'est super comme endroit, je n'en ai jamais vu de semblable ailleurs, dit-elle en continuant à se tourner dans tous les sens.

— Qu'est-ce que voulez boire ? Je vous conseille le cocktail maison.

— OK pour le cocktail maison... Vous... vous venez souvent ici ?

— Oui, je suis associé avec mon frère dans ce bar.

Laura s'arrêta net de tourner et commença à considérer un peu mieux le Monsieur.

— Comment ? Vous êtes flic, plus patron de bar ?

— Ben oui, où est le mal ?

— Non, ce n'est pas ce que je voulais dire, mais je ne m'attendais pas...

Laura réfléchit un court instant en se demandant si on pouvait être fonctionnaire et commerçant en même temps... il y avait certainement une astuce... ou cela dépendait peut-être de la forme de l'entreprise ou du nombre de parts sociales... Elle n'était pas très calée en droit des sociétés... Bref, elle se ferait expliquer tout ça par sa copine Sylvie... en temps voulu.

Jean-Jacques se mit à rire. Laura s'arrêta net de penser et même de parler. Elle réalisa alors que Jean-Jacques allait finir par se moquer d'elle. Elle le détailla davantage et remarqua qu'il n'était pas lui non plus très mince sans être véritablement très gros. Bref, plutôt très baraqué, genre sportif. Il ne ressemblait pas non plus à Apollon, mais il avait de beaux yeux bleus et surtout un charmant sourire. Il avait un teint buriné et les tempes argentées. Laura le situa plutôt dans la cinquantaine et en fin de compte style passe-partout !

A sa grande surprise, Laura n'eut pas le coup de foudre pour Jean-Jacques. Ce qui paradoxalement la soulagea. Par contre, celui-ci la regardait avec un intérêt évident. Ça alors ! Serait-elle tombée sur un homme qui aime les grosses ? Non, Laura pensait qu'il était tout simplement poli et bien éduqué ou bien encore ravi d'avoir les commentaires d'une nana qui appréciait le décor de son bar marin. En tout cas, il n'avait pas l'air embarrassé par sa silhouette et dans ce lieu enchanteur, ils firent agréablement connaissance.

En l'espace d'une soirée, Jean-Jacques avait raconté sa vie à Laura. Comme s'il devait se justifier. Il allait effectivement sur la cinquantaine. Divorcé, 2 enfants, Aurélie 17 ans et Pascal 15 ans. Son ex-femme et ses enfants vivaient en Amérique, ce qui surprit Laura. En ce moment, elle n'entendait parler que d'Amérique ! En fait, son ex était américaine et elle enseignait l'anglais-américain dans une école de langues à Paris. Jean-Jacques semblait très affecté par ce divorce qui était récent, tout juste un an, et Laura se demandait s'il n'aimait pas encore son ex-femme. Laura écoutait avec beaucoup d'attention Jean-Jacques mais elle eut l'impression à un moment donné d'être au service de SOS AMITIE. Certes l'endroit était magique et Jean-Jacques très sympathique, mais Laura pensait que cela faisait beaucoup trop en un soir.

Pour couper cette conversation qui devenait un peu trop sérieuse à son goût pour un premier rendez-vous, Laura demanda si elle pouvait avoir droit à une visite guidée des lieux. Jean-Jacques se fit tout naturellement un plaisir de la guider dans cet établissement hors pair. Il lui présenta son frère, un peu plus jeune. Laura fut frappée par le contraste physique entre les deux frères. Ils ne se ressemblaient pas du tout. Didier était grand aussi, mais beaucoup plus mince, teint mât, cheveux châtains, yeux marron, et surtout très élégant dans sa tenue de soirée. Style-genre italien, charmant et courtois ! Il lui présenta également Agnès, la petite amie de Didier, genre « passe pas inaperçue », qui s'efforça d'être sympathique envers Laura.

Le temps avait passé très vite, il était déjà 21 H. Les gens commençaient à affluer. Jean-Jacques expliquait à Laura que tous les soirs à partir de 22 heures, il y avait un spectacle et ce soir en l'occurrence, Le Barachois recevait un artiste comique et imitateur célèbre. Il invita d'ailleurs Laura à y assister. Mais celle-ci s'excusa de ne pouvoir rester plus longtemps, n'ayant pas prévu de passer une aussi longue soirée à Paris. Elle était juste venue pour un pot. De plus, elle habitait loin et il fallait encore qu'elle prenne le RER pour rentrer chez elle. Jean-Jacques comprit le problème et proposa à Laura d'aller manger vite fait à côté un moule-frites et de lui offrir le taxi pour rentrer à CERGY. Laura fut très gênée mais Jean-Jacques insista tellement que Laura ne put refuser. Elle ne put s'empêcher alors de penser que c'était certainement un type très généreux car Paris/Cergy en taxi, pour ceux qui connaissent la région, ça coûte pas 10 Francs ! Laura, pour ce prix là, remplissait son chariot pour une semaine !

Elle passa donc encore une bonne heure en compagnie de Jean-Jacques. La conversation reprit et devint de plus en plus enthousiaste. Jean-Jacques posa des questions sur le travail de Laura qui lui répondit qu'elle s'éclatait davantage dans son association et que très prochainement d'ailleurs, elle comptait monter une conférence sur le monde de la prison. Jean-Jacques, très passionné par son métier, se prit alors d'admiration pour Laura et encore plus quand celle-ci lui annonça qu'elle aimerait avoir le témoignage d'un officier de Police Judiciaire pour expliquer au public et surtout aux jeunes comment se déroule une garde à vue et répondre à toutes les questions qui se posent par rapport à ce passage parfois très mal vécu dans les locaux de la Police. Jean-Jacques fut très flatté lorsque Laura lui proposa de venir témoigner de son expérience.

Ils se quittèrent sur cette dernière note, avec la certitude de se revoir pour organiser ensemble cette fameuse conférence. Jean-Jacques, radieux, accompagna Laura à une station de taxi et après avoir pris place dans la voiture, il se pencha vers elle pour lui dire qu'il était très heureux d'avoir fait sa connaissance et il l'embrassa très tendrement sur une joue. Jean-Jacques se sépara d'elle très lentement et posa sur Laura un regard langoureux avant de s'éloigner définitivement.

Laura n'en revenait pas. Comment avait-elle réussi à séduire Jean-Jacques. Il faudra lui expliquer pendant longtemps ! ! Qu'est-ce qu'elle a pu dire ou qu'est-ce qu'elle a bien pu faire ! Incroyable ! Elle qui pensait qu'elle n'aurait aucune chance ! Pendant tout le trajet elle se posa mille et une questions. En tout cas, même si Jean-Jacques n'avait pas déclenché en Laura les feux de l'amour, celle-ci était plutôt flattée par le simple fait qu'un homme puisse enfin s'intéresser à sa petite personne, et rien que pour ça, elle ne pouvait rester indifférente à Jean-Jacques. Son attitude envers elle démontrait forcément que Jean-Jacques possédait des qualités morales, ce qui représentait aux yeux de Laura un critère de sélection pour une relation durable.

En fait, lors de cette soirée, Laura n'eut aucun mal à paraître naturelle, car curieusement elle ne ressentit pas le besoin de plaire à Jean-Jacques. Ce qui la sauva et la mit tout de suite à l'aise. Elle ne fit donc aucun effort pour le charmer et se comporta plutôt comme une bonne amie. Elle savait pertinemment qu'il était inutile de jouer la comédie, car dans la famille « séduction féminine », elle était loin de posséder toutes les cartes.

En principe, lorsqu'une femme veut conquérir un homme, elle devient forcément comédienne dans tous les cas : soit, première solution, elle n'est pas spécialement belle, elle cache ses plus vilains défauts sous un savant maquillage et un habillage de circonstance, elle se donne une allure 100 % féminine et joue à la perfection son rôle de séductrice (mais quand le voile tombe, au secours !) ; soit, deuxième solution, elle est belle, elle n'a rien à cacher, même pas ses petits défauts, elle est féminine à 200 % et fait des ravages dans le cœur des hommes !

Laura avait juste 20 kilos de trop ! Derrière quoi aurait-elle pu les cacher ?

Elle avait donc pris la sage décision de « se la jouer » nature. Laura savait qu'elle se lançait un défi, mais quitte à tout perdre, autant perdre le plus naturellement possible avec son vrai visage et son corps d'apparence. Question de fierté ! Elle n'aurait pas supporté qu'un homme la juge sur une fausse image, dût-elle paraître plus à son avantage. Question de franchise également ! Comment pouvait-elle montrer le contraire de ce qui serait vu de toute façon par un homme, sous prétexte qu'une femme doit toujours se mettre en valeur et se montrer sous son meilleur jour ! Même si un tel comportement faisait partie de la nature féminine, Laura ne comprenait pas l'acharnement qu'avaient certaines femmes à toujours « souffrir pour être belles », d'autant plus que les hommes ne sont pas dupes. Ils reconnaissent tout de suite les vraies belles femmes. Pour Laura, ce n'est pas d'être belle qui fait qu'un homme aime PLUS une femme car ce qui compte le plus pour Laura, c'est la beauté intérieure, celle qui vient du cœur et qui donne PLUS à un homme que ce qu'il peut attendre en réalité.

Mais le raisonnement d'un homme en matière de charme féminin s'appuie davantage sur une question de physique que de métaphysique… Toutes les femmes, jeunes et moins jeunes, l'ont bien compris. Aussi, la première rencontre est toujours déterminante. Et Laura accepta, malgré ses beaux principes, de cacher ce qui pouvait être caché et de tenter de créer une première approche authentique. Laura voulait qu'on voie d'abord en elle ce qui devait se voir immédiatement, avant qu'on ne voie ses kilos en trop. Elle n'aurait pas supporté qu'un homme la regarde avec moins d'intérêt parce qu'elle était grosse uniquement ! Apparemment, sans faire trop de calculs, elle avait dû faire ce qu'il fallait faire : imperméable bleu, petit cartable bleu, un air sérieux, les yeux dans les yeux, tout rimait ou presque !

Le lendemain, bien qu'elle se soit couchée très tard, elle se leva, seule, et plutôt en forme au grand étonnement de Jérémy, qui se réveillait toujours le premier et qui devait parfois user de fins stratagèmes pour faire sortir sa mère du lit. (Un jour, il n'avait pas trouvé mieux de lui passer un gant froid plein de savon sur son visage. Le résultat ne se fit pas attendre. Elle se leva comme une folle et courut après son fils en hurlant qu'elle allait le « tuer » ! Finalement, la course poursuite se transforma rapidement en crise de fou rire, et de bon matin, Laura démarra sa journée le cœur en joie. Ce jour là, elle n'eut pas besoin de prendre son traditionnel cachet de vitamine C et elle se contenta d'un seul café, au lieu de deux en temps normal).

Elle prit également le temps de se maquiller, ce qui se résumait à se mettre une crème de jour, une bonne couche de fond de teint et illuminer son regard et ses yeux vert gris en amande avec un rimel de couleur encre bleu marine. Il lui fallait bien un bon quart d'heure pour faire tout cela, ce qui en principe l'agaçait plus qu'autre chose. Sans compter qu'il lui fallait également au moins un bon quart d'heure pour « mettre ses yeux ». Alors pas question de traîner le matin et le plus souvent, elle sautait quelques paliers, et notamment la séance maquillage.

Et pourtant elle était jolie Laura quand elle se faisait belle ! Car elle n'était pas si horrible et aussi difforme qu'elle le croyait. Certes, elle avait beaucoup grossi, mais elle était grande et tous ses kilos en trop étaient plutôt bien répartis, ce qui ne donnait pas d'elle une image de femme obèse. De plus, elle s'habillait toujours en fonction des formes de son corps, avec des couleurs plus ou moins foncées pour la mincir et des vêtements qui ne lui collaient pas à la peau, de sorte qu'elle n'était jamais ridicule. Elle aimait le style classique qui d'ailleurs lui allait très bien et faisait d'elle une femme plutôt élégante.

Elle avait aussi un beau visage, un peu plus rond que d'habitude certes, mais lorsqu'on la regardait droit dans les yeux, son regard exprimait tellement de gentillesse qu'elle en devenait gracieuse et même charmeuse. Sa mère lui avait toujours dit que les gens qui avaient du gris dans les yeux étaient des gens « bons » et se faisaient beaucoup d'amis. Sa mère avait sans doute raison. Et Laura n'aimait finalement que la couleur gris-vert de ses yeux qui parfois devenaient aussi bleu-gris avec les changements du temps.

Elle aimait aussi ses traits qui étaient réguliers, quoiqu'elle eût préféré avoir un nez retroussé, des pommettes moins saillantes et une bouche de star un peu comme Sophie Marceau quoi ! Bref, elle avait plutôt un air de ressemblance avec Michèle Morgan, ce qui n'était pas si mal ! !

(Laura ne pouvait que plaire au même titre que tout être humain a le droit d'aimer et d'être aimé, sauf que pour connaître l'Amour, il faut être prêt à aimer et à être aimé. Trop tôt, on court à la catastrophe et quand c'est trop tard, on ne peut rien faire pour rattraper le temps perdu. Bref, il faut attendre le temps qu'il faut et se sentir prêt avant qu'il ne soit trop tard ! Il faut attendre... les signes !

Laura avait le sentiment d'avoir vécu suffisamment d'histoires sentimentales mais elle se rendait compte à présent que si elle ne prenait pas MAINTENANT le taureau par les cornes, elle se retrouverait à 60 ans à pointer au Club du 3ème âge et à se chercher un petit vieux pour écouler ses derniers jours ! Sûr qu'elle en trouverait un qui serait bien content qu'on lui prenne sa température tous les jours et vice-versa, tant qu'à faire !

Mais le bonheur est parfois plus près que l'on ne pense, car où que l'on soit, le destin – malin – s'arrange toujours pour placer au bon moment sur notre chemin les gens que l'on doit rencontrer.

« Le destin est ce qui nous arrive au moment où on ne s'y attend pas » (Tahar Ben Jelloun).

4. « Faites vos jeux, rien ne va plus »

Laura passa une agréable journée à son travail et rien ni même les réflexions habituelles de sa patronne vinrent perturber ses pensées. Elle était sur un nuage. A la pause déjeuner, elle se força à manger une salade au lieu d'engloutir son habituel « croque Monsieur », mais cet effort ne lui coûta pas ou peu, car à la seule pensée de Jean-Jacques, elle se rappelait qu'il fallait qu'elle maigrisse !

Ses collègues de travail remarquèrent tout de suite son changement d'attitude et Laura se laissa aller aux confidences et leur révéla qu'elle était tout simplement amoureuse mais qu'elle n'avait pas envie d'entrer dans les détails pour le moment. Ses collègues ne lui posèrent pas plus de questions mais lui manifestèrent leur joie à l'annonce de cette bonne nouvelle et puis par solidarité féminine, elles comprirent immédiatement ce qu'il fallait surtout ne pas faire. Elles connaissaient bien Laura et devinaient son état d'esprit. Elles avaient bien le temps de satisfaire ce vilain défaut qui est à proprement parler féminin : la curiosité.

Grand bien leur fasse, car Laura après avoir laissé passer quelques jours n'était plus sûre d'avoir quelque chose à raconter à ses collègues. Jean-Jacques en effet ne l'avait plus appelée depuis ce fameux « vendredi 13 ». Un bon week-end avait passé. Une bonne semaine avait passé. Puis un week-end, moins bon… et encore une semaine, moins bonne… Laura se torturait littéralement l'esprit.

Pourquoi n'appelait-il pas ? Elle avait tant espéré qu'il lui donnerait de ses nouvelles, dès le lendemain de leur rencontre. Elle ne comprenait pas ce silence. Merde ! Elle ne l'avait pas rêvée cette soirée, lui non plus elle ne l'avait pas rêvé ; il avait été si gentil avec elle, doux, attentionné. Elle avait bien senti qu'elle lui plaisait. Elle connaissait trop ce regard que porte un homme sur une femme lorsqu'ils se sentent attirés l'un envers l'autre.

Du coup, elle perdit très rapidement tout le bénéfice du régime qu'elle avait suivi depuis le début du mois de septembre. En quelques secondes, elle se vengea sur les pains au chocolat de Jérémy. Elle comprit alors qu'elle ne parviendrait jamais à maigrir si elle n'avait pas plus de volonté. Si à la moindre déception, elle se gavait, elle n'y arriverait jamais. Et après coup, elle se fit violence durant tout le mois d'octobre et, plus par contrariété, elle réussit à peser de nouveau trois petits kilos en moins…

Elle aurait voulu se confier cette fois-ci à Marie-Ange. Elles devaient bientôt se voir pour parler également du projet d'entreprise mais, vie familiale oblige, elle avait dû partir à ROUEN pour amener ses filles en week-end chez ses beaux-parents. Laura se sentit donc bien seule, d'autant plus que Jérémy était parti, lui aussi, en week-end à ETRETAT, pour le mariage de sa cousine Jessica, qu'il adorait et dont il était le témoin. La moitié de la famille était invitée…

Le vague à l'âme, elle se jeta éperdument dans le travail. Mais elle ne resta pas longtemps dans cet état d'esprit car une de ses proches collègues venait de se faire licencier, et cela se passait mal. C'était la série en ce moment. Trois licenciements en l'espace d'un mois, ça faisait beaucoup ! Laura sentit un vent de révolte monter en elle, comme un volcan éteint qui se réveille, car les patrons ne respectaient pas la procédure ! C'est un comble ! Cherchez l'erreur ! Laura supportait de moins en moins le chantage odieux qu'exerçaient parfois certains patrons à l'encontre de leurs secrétaires et elle ne supportait plus de voir ses collègues obligées de subir cette pression au nom de la sacro-sainte peur du lendemain. Il fallait faire quelque chose !

Laura bien sûr conseilla à sa collègue de faire à cet affreux-affreux avocat un beau Prud'Hommes sur la base d'un licenciement abusif. Elle réussit à convaincre sa collègue du bien fondé de cette démarche. Décidément, la loi du « ça ne se fait pas » régnait en maître dans ce milieu professionnel. Mais Laura avait décidé de rompre la loi du silence. Elle dirigea sa collègue vers un Syndicat dont elle connaissait l'efficacité. On ne pouvait pas laisser un patron insulter et harceler quotidiennement sa secrétaire et lui manquer ainsi de respect.

De quel droit un homme, même patron, mais homme avant tout, peut-il traiter une femme, même sa secrétaire, mais une femme avant tout, comme un simple et vulgaire outil de travail ? C'est à se demander comment il traite sa femme ou sa maîtresse ? !

Laura se fit un point d'honneur d'aider sa collègue jusqu'au bout. Aussi, Jean-Jacques avait pris un peu moins d'importance et un peu moins de place dans son esprit. Elle avait réalisé entre temps qu'elle s'était un peu trop emballée pour cet illustre inconnu et elle ressentait bizarrement une certaine gêne dans cette pseudo-relation, qu'elle n'arrivait d'ailleurs pas à définir pour le moment. Elle se concentra finalement sur les problèmes de sa collègue et le temps lui parut moins long.

Laura invita sa collègue licenciée à déjeuner. Celle-ci avait eu un rendez-vous avec le Syndicat et Laura voulait savoir. Elle proposa à Virginie de la rejoindre chez leur chinois habituel. Monsieur « ZEN », qui comprenait toujours tout, installa « les Mademoiselles » à la table n° 10, idéalement bien située pour les confidences. Virginie ne se fit pas prier.

— Franchement Laura, je te remercie de m'avoir recommandée auprès de Monsieur « QUI SE BAT ». Il est génial ce type. Il est à fond sur les secrétaires. Je pense qu'il va pouvoir m'aider et... Virginie commença à pleurer.

Laura quelque peu embarrassée tenta tant bien que mal de réconforter sa copine. Mais Virginie craqua carrément. Laura comprit enfin toute sa douleur lorsque Virginie se mit à raconter l'enfer qu'elle vivait au quotidien dans le cabinet où elle bossait.

— Ecoute-moi bien Virginie, je veux surtout pas remuer le couteau dans la plaie, mais tu connais la définition du harcèlement moral...

Laura sortit quelques notes de son cartable et commença à lire sur un ton déterminé :

— *« Aucun salarié ne doit subir les agissements répétés de harcèlement moral d'un employeur, de son représentant ou de toute personne abusant de l'autorité que lui confèrent ses fonctions et qui ont pour objet ou pour effet de porter atteinte à sa dignité et de créer des conditions de travail humiliantes ou dégradantes ».* Tu vois, c'est écrit là, noir sur blanc, et toi tu es en plein dedans !

— C'est clair ! Y a pas photo ! Mais je me vois mal aller devant les prud'hommes pour une petite histoire comme ça !

— Petite... tu as dit petite ! Et Laura commença à s'exciter. Comment ! Tu as un patron qui te traite tous les jours de grosse conne et tu vas laisser passer ça, je rêve ! J'hallucine !

Virginie reprit son souffle avant de répondre à Laura.
— Tu sais pour moi, les Prud'hommes c'est fait pour régler des problèmes plus graves, d'ordre matériel…

Laura l'interrompit sèchement.
— Parce que tu crois que le harcèlement moral dans le travail ce n'est pas suffisamment grave ! ? On est en train de te casser, de te briser, d'enlever toute la confiance que tu as en toi et tu veux que ça reste un acte gratuit ! ? Excuse-moi mais dans ton cas, c'est le prix de la souffrance qu'il faut prendre en considération. Oui, il existe bel et bien ton ordre matériel, c'est le pretium doloris personnifié !
— Tu as sans doute raison Laura. Tu vois, je suis la reine des connes hein ?
— Je ne te le fais pas dire, et en prime, ta connerie va être indemnisée ! Que demande le peuple ! Et Laura se mit à rire de la situation et Virginie comprit toute l'ironie et le côté comique, somme toute, de l'affaire.

Virginie se calma aussitôt et parla sur un ton plus serein. Elle expliqua à Laura comment elle était à chaque fois la risée du Cabinet. Ses patrons se prenaient pour de véritables démiurges et refaisaient le monde, non seulement au Cabinet mais également au sein du Barreau. Ce qui n'était pas pour plaire à certains confrères. Ils se croyaient investis de tous les pouvoirs, n'avaient peur de rien ni de personne et du haut de leur pyramide, ils étaient devenus tels des dieux, intouchables.

Virginie en fait rencontrait un double problème : manque de considération voire de respect envers sa personne ainsi que manque de reconnaissance de sa formation. Et pour tout cela, elle était bien sûr payée une misère. La Justice ne paie pas, tout le monde le sait. Elle avait pourtant 15 ans d'expérience et le fameux diplôme de 1er Clerc d'Avocat. Il a fallu qu'elle se batte pendant 6 mois pour avoir le coefficient minimum correspondant à son niveau de formation, il y a de cela 4 ans. Et aujourd'hui elle voulait se battre pour passer au coefficient supérieur tel que prévu dans la Convention Collective. Suite à sa demande par voie officielle, il s'en est suivi des reproches quasi-quotidiens sur son travail, alors qu'auparavant elle n'avait jamais eu à souffrir de quelles que réflexions que ce soient. Bien au contraire, ses patrons appréciaient son esprit d'initiative et son autonomie professionnelle et l'avaient même encouragée à retourner à l'école et avaient même fêté dignement avec elle sa réussite à l'examen final.

Aujourd'hui, la situation était aberrante, apparemment sans solution. Ses patrons lui avaient tout simplement annoncé qu'ils n'avaient pas besoin de Clerc et comme elle tentait de justifier sa qualification en affirmant qu'elle assumait le rôle d'un Clerc, ils l'ont alors traitée de « *pauvre fille* » et de *« grosse conne »*. Virginie a tellement été choquée qu'elle en est restée muette.

Le lendemain et les jours suivants – c'est inracontable – ils ont tout fait pour qu'elle craque, souhaitant certainement qu'elle parte d'elle-même. Ils lui ont même fait des remarques désobligeantes sur ses tenues vestimentaires. Virginie était pauvre et s'habillait pauvre certes, mais propre. Un de ses patrons se fit un malin plaisir de lui dire un jour sur un ton très ironique qu'elle puait la province avec son petit tailleur vert. Quelle offense pour le reste de la France, quand on sait qu'à PARIS plus de la moitié des gens vient de Province !

Virginie n'arrivait pas à comprendre le changement radical qui avait eu lieu dans le comportement de ses patrons vis à vis d'elle, et malgré les brimades quotidiennes qu'elle subissait, elle était là plus par habitude que par conviction. Pourtant, elle aimait son métier et ce qu'elle faisait et elle était loin d'imaginer que ses patrons ne souhaitaient qu'une chose : qu'elle se tire, qu'elle se casse ! qu'elle démissionne quoi !

En fait, à bien y réfléchir, Virginie avait remarqué un changement. Il a suffi d'un institutionnel (grosse compagnie aérienne) pour faire tripler le chiffre d'affaires du Cabinet. Succès oblige, ils avaient dû embaucher très vite deux autres collaborateurs, deux femmes, et une secrétaire supplémentaire (à mi-temps bien sûr, moins cher !). A partir de ce moment là, l'ambiance a changé du tout au tout : il y avait trop de femmes (il n'y a pas pire que femmes entre femmes). Chacune a cherché les faveurs du patron, à briller plus que l'autre, à tirer personnellement profit de la situation et à exercer ses pouvoirs sur les pauvres secrétaires.

Virginie pensa alors, vu le contexte économique favorable, que ses nouvelles connaissances et son expérience croissante du métier lui donneraient naturellement l'occasion de progresser au sein du Cabinet. Mais c'est l'effet inverse qui se produisit. On lui fit comprendre tout d'abord gentiment que le profil type de la secrétaire du Cabinet correspondait davantage à une sténo-dactylo et non pas à celui d'un Premier Clerc et encore moins d'un Clerc ! Virginie cependant estimait qu'elle avait suffisamment souffert pour obtenir son diplôme, qu'il était là, dans un beau tiroir et qu'elle pouvait en tout état de cause le faire valoir, même si elle n'avait pas la qualification qu'elle souhaitait, dans la mesure où elle effectuait quand même le travail correspondant au poste de Clerc. Sur le plan conventionnel, elle pouvait revendiquer le coefficient correspondant non seulement à sa formation (BAC + 3 + diplôme de 1er Clerc) mais également à l'expérience acquise au fil des années dans le poste. Il était tout à fait légitime pour Virginie de pouvoir progresser dans la hiérarchie. Sinon à quoi servait-il d'établir une classification dans la Convention Collective ? Un avocat stagiaire, à la fin de son stage, pourrait-il concevoir de ne pouvoir exercer en tant qu'avocat et de se voir offrir un poste d'assistant juridique ? C'est la même chose pour une secrétaire qui suit une formation qualifiante et diplômante afin d'acquérir une promotion sur le plan social et professionnel et qui vise un poste de Clerc !

Mais ses patrons malheureusement ne l'entendirent pas de cette oreille et décrétèrent tout bonnement qu'elle avait le coefficient correspondant au poste qu'on lui avait confié, c'est à dire de secrétaire, et même pas secrétaire « juridique » et que, si elle continuait à revendiquer, elle serait licenciée. Virginie eut le courage de réclamer ce qui lui paraissait juste. Elle reçut sa lettre de licenciement et elle effectuait à présent son préavis dans des conditions de travail insoutenables…

Laura réussit à convaincre sa copine qu'en fait tout était une question d'interprétation des textes de la convention collective et qu'elle n'avait rien à perdre à aller devant les Prud'hommes pour que cette question soit tranchée judiciairement, et ce de façon définitive. Sa démarche et surtout le résultat obtenu pourraient enfin servir de base et d'argumentaire auprès de la Commission Technique d'Interprétation de la Convention Collective. Laura accomplirait les diligences nécessaires.

Laura expliqua à Virginie que les textes étaient tellement « flous et imprécis » au point d'en faire planer le doute, que chacun pouvait les interpréter à sa façon et par là même, en sa propre faveur. Raison de plus pour qu'un Juge puisse éventuellement retenir l'interprétation côté salarié.

Laura donna à Virginie les coordonnées d'une avocate spécialisée en Droit Social, qui exerçait auprès du Barreau voisin et qui avait déjà réussi à faire condamner quelques-uns de ses confrères « hors la loi ».

Laura se rappelle encore mot pour mot la plaidoirie de Maître « BONNE JUSTICE » qui avait réussi à convaincre les juges des Prud'Hommes : *« Aujourd'hui en France, le personnel des Cabinets d'Avocats est le premier à être exploité, au vu et au su de toute la profession, et pire encore, à la connaissance des Barreaux, qui possèdent la liste de tous les avocats qui ne respectent pas le droit du Travail, et qui ferment les yeux, s'agissant de confrères ! L'esclavage moderne, Monsieur le Président, existe bel et bien et pas loin de chez nous ».* Laura jusqu'à présent n'avait assisté qu'à un seul procès, et non des moindres, s'agissant d'une affaire qui avait bien remué la Profession il y a un an (harcèlement sexuel de Madame X, Femme de ménage de Maître Y). Les « vrais » parisiens s'en souviennent. Ce jour là, elle n'avait pas été déçue du voyage. La Cour d'Appel de VERSAILLES était pleine à craquer. Dieu merci, il existait encore quelques courageux et vaillants avocats pour défendre la cause du personnel employé dans les cabinets d'avocats ! Laura avait la chance de connaître la secrétaire de cette avocate. Il y aura certainement une grande bousculade au numéro 2 de la Rue Marcel Dupré, lorsque Marthe, âgée de 59 ans, partira à la retraite.

Alors, par amour de son métier, Virginie décida enfin qu'elle allait se battre pour retrouver son honneur. Advienne que pourra ! Alea jacta est !

5. « Errare humanum est »

Après avoir passé des jours et des jours très laborieux tant au bureau qu'auprès de Virginie, Laura pensait encore à Jean-Jacques, surtout le soir au moment de dormir, lorsqu'elle se retrouvait seule sous sa couette et n'ayant plus que ses yeux pour pleurer. Pourquoi n'appelait-il pas ? Il fallait qu'elle sache ! Tant pis, elle mettrait un mouchoir sur sa fierté et elle irait faire un tour au Barachois. Mais pas seule. Elle ne se sentait pas si courageuse. Elle demanderait à Marie-Ange de l'accompagner. Elle lui raconterait tout ce week-end et se fit la réflexion suivante : *Tiens, je pourrais lui donner rendez-vous là-bas mercredi soir. Au lieu de toujours traîner vers le Palais* ! Elle fit un rapide calcul et réalisa que cela faisait plus d'un mois qu'elle ne voyait plus Marie-Ange. Son amie lui manquait. Elles ne restaient guère plus de deux semaines sans se voir.

Le week-end venu, Marie-Ange connut enfin toute l'histoire et reprocha bien sûr à Laura de ne pas lui avoir raconté tout ça plus tôt, surtout de ne pas lui avoir fait partager les bons moments ! Même s'il n'y en avait eu qu'un ! Laura en prit plein son grade et encore plus quand Marie-Ange lui tint ce langage :

— Tu sais où me trouver quand ça va mal, là tu veux bien partager, mais quand ça va bien, tu n'as plus besoin de moi, tu savoures seul ton bonheur en parfaite égoïste ! On dit qu'on reconnaît les amis dans les mauvais moments, moi je dis qu'on les reconnaît aussi dans les bons moments ! C'est aussi important de faire partager ses joies que ses peines !

Laura dut convenir qu'elle avait raison et s'excusa bien platement en tentant d'expliquer qu'elle préférait attendre que cela devienne… disons… plus sérieux, mais Marie-Ange tint bon la barre en répliquant vertement à son amie ces quelques mots qui retentirent longtemps dans l'esprit de Laura.

— Ah oui ! Et qu'est-ce que tu as gagné maintenant ! Même pas le droit de rejouer ! Tu ne le verras peut-être plus jamais ce type ! Mais moi Laura, je suis là et je serai toujours là, alors ne me fais plus jamais ça et pense à me faire partager aussi tes bons moments, car je crois que je le mérite plus que tous les Jean-Jacques de la Terre ! Pour une fois que j'avais l'occasion de te sentir heureuse ! Non mais tu te rends compte, tu m'as privée de cette joie !

Marie-Ange avait frappé fort. Laura bien sûr était terriblement gênée, voire honteuse. Elle avait la gorge nouée et sentait monter en elle une envie de pleurer, mais elle réussit à retenir ses larmes car elle ne voulait pas que son amie pense en plus qu'elle avait besoin d'elle parce qu'elle était encore malheureuse.

Mais Marie-Ange connaissait bien Laura et comprit que ce n'était pas la peine d'en rajouter et elle sauta du coq à l'âne en parlant des derniers exploits réalisés par ses filles en patinage artistique…

Puis elles conclurent rapidement en se donnant rendez-vous au Barachois comme le souhaitait vivement Laura. Marie-Ange avait raté le premier épisode mais certainement pas le second !

Didier ou alias « The Didi », le frère de Jean-Jacques, reconnut tout de suite Laura et fut ravi de la revoir. Il lui annonça immédiatement que Jean-Jacques était parti quelques temps en Amérique. Laura comprit enfin la raison de ce long silence et bien que très surprise, elle fut plutôt soulagée. Elle était certaine d'être pour quelque chose dans ce départ précipité. Elle eut le sentiment bizarre que Didier lui en était reconnaissant. Elle fut accueillie comme une reine avec son amie, ce qui eut pour effet de la rendre assez perplexe. Elle laissa la magie s'opérer.

Marie-Ange s'extasia autant que Laura sur le décor du bar. Elle était surtout fascinée par le jeu des lumières sur les toiles de peinture sous-marine, de véritables trompe-l'œil, une exposition grandeur nature du monde sous-marin. On se croirait dans une projection de film en 3D ! Impressionnant !

Didier ne tarda pas à venir lui-même prendre leur commande. Laura se sentit quelque peu embarrassée devant tant d'empressement. Elle commença à bafouiller. Marie-Ange, cool, commanda 2 cocktails maison (comme l'avait suggéré Laura). Puis Didier leur annonça que ce soir il y aurait un super spectacle de magie et il les invitait à rester. Malheureusement, il avait affaire à deux « mémères » qui bossaient le lendemain et chacune avec ses obligations ! Marie-Ange, comme d'hab, devait récupérer ses filles à Saint-Cloud, et Laura devait reprendre le « RE-RE » ! C'est ce que Marie-Ange expliqua à Didier car Laura, quelque peu intimidée, ne put sortir un seul mot. Alors Didier s'adressa directement à Laura et lui proposa de venir la prochaine fois un vendredi soir pour assister au spectacle de « THE BARACHOIS'GIRLS » et danser jusqu'au petit matin et de lever le camp après le petit déjeuner. Laura aimait danser. Elle sortait quelques fois en boîte de nuit avec ses copines. Elle se dit qu'après tout, elle pourrait leur proposer de venir ici. Elle répondit enfin d'un trait à Didier qu'elle essaierait de s'organiser pour venir le vendredi suivant avec deux ou trois copines. Didier lui promit de passer une belle soirée.

Marie-Ange attendit que Didier se soit un peu éloigné pour dire à Laura sur un ton enjoué :

— Je crois ma vieille que tu as fait une touche !

— Une touche ! Mais avec qui ?

— Mais avec Didier, t'as pas compris, t'as pas vu comme il te regarde ?

Laura écarquilla les yeux puis traita tout de suite son amie de folle.

— Tu racontes n'importe quoi, arrête, c'est pas un mec pour moi !

— Pourquoi, il t'plaît pas ?

Laura souffla, puis Marie-Ange reposa sa question, toujours sur un ton amusé :

— Ne me dis pas qu'il ne te plaît pas, il est craquant ce type, moi si j'étais pas mariée je lui sauterais dessus !

— Mais arrête, il a quelqu'un dans sa vie, il me l'a même présentée lorsque je suis venue ici la dernière fois avec Jean-Jacques.

— Bon ! Ecoute, pense ce que tu veux, mais en tout cas moi, je te dis que ce mec, il éprouve quelque chose pour toi.

Laura crut qu'elle devenait folle. Ses pensées allèrent de Jean-Jacques à Didier puis de Didier à Jean-Jacques. Il est clair que Didier était beau gosse et qu'il ne devait pas laisser indifférentes les femmes qui croisaient son chemin. S'il plaisait à Marie-Ange, il plaisait encore plus à Laura (elles avaient les mêmes goûts en la matière...).

Puis Marie-Ange, toute fière, annonça à son amie :
— Eh bien là tu vois, je suis heureuse, car j'ai le pressentiment que c'est le début d'une grande aventure pour toi ; je n'aurais rien raté cette fois-ci.

Laura ne répondit rien et pensa que Marie-Ange délirait complètement. Laura pensa tout simplement que suite à sa rencontre avec Jean-Jacques, celui-ci avait sans doute dû raconter à son frère comment ça s'était passé entre eux. Apparemment, Jean-Jacques a dû parler « en bien » de Laura, vu l'accueil chaleureux de Didier. Il est clair qu'il ne la considérait pas comme une cliente habituelle, puisqu'elle représentait une relation « intime » de son frère.

The Didi revint faire un tour du côté de la table des deux amies. Alors Laura osa enfin demander à Didier quand son frère comptait revenir. Didier s'adressa alors à Marie-Ange en lui demandant de l'excuser car il souhaitait parler en privé à Laura. Bien sûr Marie-Ange, avec un geste théâtral, dit à Didier : *Faites, faites !*

Laura arrêta de respirer pendant quelques secondes quand Didier la regarda droit dans les yeux et l'invita à se lever et à le suivre. Elle le suivit, complètement hypnotisée. Il l'amena au premier étage dans son bureau. Il lui demanda de s'asseoir. Elle s'assit. Elle ne vit pas le décor, somptueux. Il alluma une cigarette, lentement. Puis, il s'assit dans un fauteuil, juste à côté d'elle.
— Ecoutez Laura, je ne veux pas vous faire de la peine, mais je préfère vous dire la vérité, car premièrement, elle n'est pas si moche que ca, et deuxièmement, vous ne pouvez pas rester comme ça sans savoir. Je sais exactement ce qui s'est passé entre mon frère et vous, tout et rien à la fois, mais je peux vous dire que pour Jean-Jacques, vous

êtes entrée dans sa vie comme une révélation et grâce à vous, il a enfin compris son erreur…

Laura s'excusa de le couper en lui demandant d'aller droit au but. Elle commençait à s'énerver et elle perdit tout d'un coup sa timidité.

— Bref, excusez-moi, mais c'est quand même pas facile de vous dire qu'il est allé retrouver son épouse à MIAMI pour la convaincre de revenir vivre avec lui en France.

Laura fut stupéfaite. Elle ne savait plus quoi penser. Elle prit néanmoins un air grave et solennel et dit tout simplement à Didier :

— Mais ils sont divorcés !

— Je regrette Laura, mais il vous a menti. Ils étaient juste séparés.

Ce fut la douche écossaise pour Laura.

— Et vous dites que c'est grâce à moi qu'il a compris… son erreur ?

— Oui Laura. Excusez-moi de briser peut-être vos espoirs, mais je pense que c'est une bonne chose. Vous savez, il n'a jamais cessé de l'aimer. Et Linda… sa femme, c'est une chic fille…

Laura en avait assez entendu. Elle se leva brusquement et demanda à Didier sur un ton visiblement irrité :

— Et moi, dans tout ça qu'est-ce que je deviens, vous m'accueillez comme une reine dans votre établissement, pour qui, pour quoi, pour me dire que j'ai joué à la perfection mon rôle de mère SOS AMITIE ! Et après ? !

Puis elle se dirigea rapidement vers la porte, l'ouvrit et sortit sans même se retourner ni dire au revoir à Didier.

Quand Marie-Ange vit le visage tragique de son amie, elle comprit tout de suite qu'il valait mieux ne pas s'éterniser dans cet endroit. Laura lui confirma effectivement qu'il était grand temps de partir. Laura, d'habitude si honnête mais vu les circonstances, quitta le bar sans payer la note ! C'était bien la première fois !

Laura raconta bien sûr l'incident à Marie-Ange. Elle fut également très déconcertée, mais conseilla à son amie de juger la situation avec un peu plus de recul d'ici quelques jours. Elles devaient se revoir ce dimanche. Elles en reparleraient. Elles durent se quitter très rapidement, à cause de leurs obligations respectives. Marie-Ange était très ennuyée et peinée pour son amie qu'elle voyait dans un triste état. Elle eut bien du mal à la réconforter, car elle-même ne vivait pas très bien la situation. Elle avait voulu voir, elle a vu ! Tout compte fait, elle aurait préféré ne rien voir. Elle se sentait aussi mal que son amie.

Sur le chemin du retour, Laura essaya de ne pas trop analyser la situation mais elle ne pouvait s'empêcher de penser à l'attitude de Jean-Jacques vis à vis d'elle. Certes, il ne lui avait rien promis. C'est lui qui avait voulu jouer, mais il n'était pas prêt pour ce jeu là, ni fait pour ça, puisqu'il n'était pas tout à fait libre dans sa tête ; il s'est piégé lui-même à son propre piège. Il a dû vouloir se tester, savoir s'il pouvait vivre une autre aventure, mais il a vite fait le tour. Il est retombé sur Linda.

De toute façon, qu'est-ce qu'elle avait perdu ? Il n'y avait rien eu entre eux, qu'un tendre baiser sur la joue et quelques yeux doux… et alors ! ? Il n'y avait pas de quoi pavoiser ! C'est tout simplement le piège ou le danger auxquels s'exposent très souvent les gens qui sont seuls et vulnérables, et particulièrement les femmes ! A la moindre étincelle, elles s'enflamment ! Pouvait-elle vraiment lui en vouloir ? Laura n'était pas si triste, mais déçue, parce qu'elle y avait cru. Les femmes sont des comédiennes, mais les hommes aussi !

Elle s'endormit difficilement. En revanche, elle se leva sans difficulté. Contrariée. Elle comptait à présent sur le temps pour oublier… qu'un homme lui avait **encore** menti !

Le lendemain, elle reprit le boulot, évidemment. Ses collègues s'aperçurent tout de suite du changement. Elle ne put bien sûr échapper à la traditionnelle question :
— Ça va Laura ?
— La grande forme, merci.

Ses collègues savaient que lorsqu'elle employait cette expression, ça voulait dire : *foutez-moi la paix !*

Puis un événement extraordinaire eut lieu.

6. « Eurêka ! »

Laura reçut – à son travail – un gros bouquet de roses rouges. Avant même de lire le message qui était joint, elle se mit à chialer, nerveusement, sans savoir pourquoi. Puis elle se précipita – avec son bouquet et son petit mot – dans les toilettes. Il ne fallait pas qu'on la voie. C'était qui ? Elle avait un pressentiment. Puis elle commença à lire – très lentement – *« Très Chère Laura, Ce bouquet ne pourra pas effacer votre peine, mais j'espère qu'il ouvrira de nouveau votre cœur pour un autre qui saura vous mériter. A vendredi prochain pour une folle nuit. Didier. »*

Laura s'affola. Elle n'en revenait pas. Elle ne comprenait plus. Il ne fallait surtout pas qu'elle s'imagine encore des choses. Il avait une copine. Mais elle trouva quand même bizarre qu'il lui envoie des roses, rouges de surcroît. Bon, que fallait-il faire ou ne pas faire, l'appeler pour le remercier, attendre vendredi prochain, ignorer tout ça et passer à autre chose ? Bon, une chose était sûre : là, il fallait qu'elle appelle sa mère. Elle avait besoin d'être rassurée car la panique s'était emparée d'elle.

Marie-Ange avait-elle vu juste ? Comment de Jean-Jacques elle en était arrivée à Didier. Dans sa tête, c'était le chaos complet. Un mélange de sentiments : la déception, la tristesse, l'excitation, l'euphorie !

Elle relut le message une bonne douzaine de fois. Qu'elle était bête ! Il voulait tout simplement lui souhaiter bonne chance et espérait qu'elle trouverait quelqu'un d'autre. Laura pensait qu'il voulait parler de lui-même. Mais non, pas nécessairement. Cela pouvait être n'importe qui. Il parlait d'une façon générale. Ce raisonnement provoqua en elle un certain apaisement. Elle s'interdisait cette fois-ci de s'imaginer des choses. Elle n'en avait que trop imaginé avec Jean-Jacques et ça n'allait pas recommencer avec Didier.

Elle mit tout de même les roses rouges dans un joli vase sur son bureau. L'idée que cela ferait jaser ne lui déplaisait pas. De plus, Laura se demandait où est-ce qu'il avait bien pu les acheter ces roses, car elles étaient magnifiques et surtout très odorantes. Puis elle dit quand même à ses collègues, un peu pour se faire mousser, qu'elle était toujours en plein dans une histoire d'amour mais que pour l'instant elle préférait ne pas en parler (bis repetita).

Laura passa cette journée tant bien que mal, appela sa mère, histoire de décompresser… puis Marie-Ange, pour lui raconter ce qui s'était passé. Finalement, Laura décida de ne pas appeler Didier. Ce bouquet était sans doute un mot d'adieu et de remerciement pour avoir aidé son frère… Elle avait connu pas mal d'histoires dans sa vie, mais celle-là, on ne la lui avait pas encore faite.

Bref, elle vit le côté positif : Laura réalisa qu'elle avait des dons cachés, des pouvoirs supérieurs au simple pouvoir de séduction, pouvoirs auxquels les hommes étaient encore plus sensibles. Elle a réussi à faire d'une pierre deux coups : guider Jean-Jacques et émouvoir son frère. Même si elle ne gardait ni l'un ni l'autre, elle en retirait finalement une grande fierté, car elle savait qu'elle était respectée. Elle avait enfin trouvé la carte gagnante, son joker. Elle se situait sur le plan psychologique. C'était l'intelligence morale. Elle retrouva tout d'un coup une certaine sérénité d'esprit. Elle utiliserait cette carte en attendant d'avoir les cartes complémentaires. Elle finirait bien par perdre tous ses kilos et faire perdre la tête aussi à un de ces hommes !

(Enfin Laura avait eu le déclic. La victoire était proche. Elle était à présent animée d'une force tranquille, d'un esprit déterminé. Elle était prête à aller jusqu'au bout de ses rêves. Mais elle n'aura pas besoin d'aller bien loin. L'amour était enfin au rendez-vous).

Le surlendemain, le miracle s'accomplit : encore un bouquet de roses rouges pour Laura et un court message : *« J'espère vous revoir vendredi. Didier ».*

Laura fut cette fois-ci fort ébranlée. Elle en conclut que le bouquet d'hier n'était pas un adieu et peut-être voulait-il parler de lui-même... Ses idées se bousculèrent dans sa tête. Non, elle rêvait, c'était trop beau pour être vrai ! Il voulait tout simplement la revoir pour s'excuser sans doute, et puis c'est tout. Elle ne l'appela pas pour autant.

Heureusement, le week-end arrivait. Elle devait voir Marie-Ange dimanche. Bien sûr, elles parleraient du futur Club mais aussi de Didier. Puis elle aurait encore toute une semaine devant elle pour réfléchir et décider si elle irait ou non voir Didier ce fameux vendredi prochain.

Malheureusement, un événement imprévu survint. Marie-Ange, catastrophée, appela son amie samedi soir pour lui annoncer que son mari était entré d'urgence à l'hôpital suite à une crise cardiaque. Plus question de futur Club ni de Didier. Laura, le soir même, rejoignit son amie à l'hôpital.

7. « C'est l'hôpital qui se moque de la charité »

Laura poussa péniblement les portes de la salle de réanimation. Elle pensait se retrouver immédiatement auprès de Marie-Ange et de son mari, mais elle se retrouva avec d'autres gens, des inconnus, dans une grande salle d'attente. Choquée, interloquée, elle lisait sur le visage des gens toute l'appréhension et toute la douleur de ce qu'elle ressentait elle-même. Les yeux hagards, elle fixait un homme qui enfilait une blouse blanche et qui mettait à ses pieds des sacs plastiques bleus. Sa gorge commença à se nouer et ses lèvres tremblèrent sans qu'elle puisse se contrôler. Elle se tourna et se retourna comme si elle cherchait quelqu'un. Une femme se leva de son siège en métal et s'approcha d'elle en lui indiquant que si elle voulait aller visiter quelqu'un, il fallait qu'elle mette une blouse blanche et qu'elle mette à ses pieds les sacs plastiques. Laura esquissa un léger sourire en remerciement. Nerveuse et très maladroite, elle enfila blouse et plastiques. Enfin accoutrée, elle resta avec son air penaud au beau milieu de la salle. Puis elle attendit. Mais rien ne se passa. Grand silence, sauf quelques soupirs. Elle regarda la femme. Celle-ci lui indiqua la petite plaque rectangulaire rouge à côté de la grande porte blanche au fond de la salle sur laquelle il fallait appuyer pour que les battants de la porte s'ouvrent. Laura articula un petit merci, posa ses doigts sur le rectangle rouge et pénétra dans un long couloir. La porte claqua derrière elle. Elle se retourna vivement. Elle frissonna et d'un geste spontané, elle s'entoura les épaules de ses bras pour avoir un peu moins peur. Elle avança tout doucement jusqu'à une autre grande porte blanche. Elle appuya de nouveau sur le rectangle rouge. La porte s'ouvrit doucement et laissa apparaître la scène habituelle d'un service de réanimation. Laura aperçut tout de suite Marie-Ange et elle se dirigea vers le box où celle-ci se tenait immobile devant la vitre. Arrivée à sa hauteur, Marie-Ange tourna vers son amie un visage que Laura eut peine à reconnaître.

Quelqu'un du service, du genre non avenant, c'est le moins que l'on puisse dire, vint tout de suite dire à Laura qu'une seule personne à la fois pouvait entrer voir le malade. Laura bien sûr ne savait pas. Qui le lui aurait dit ? C'est la première fois qu'elle venait et la première fois d'ailleurs qu'elle mettait les pieds dans le service des urgences d'un hôpital. La personne en face d'elle avait un air farouchement déterminé et n'avait aucunement besoin d'entendre Laura se justifier. Il fallait qu'elle sorte et qu'elle s'en aille le plus vite possible. Laura se sentit confusément gênée et tout d'un coup « persona non grata non desirata ». C'est Marie-Ange, très calme, qui rassura encore son amie en lui disant qu'elle viendrait la rejoindre dans la salle d'attente.

Laura refit le chemin inverse en restant quelques minutes dans le long couloir entre les deux portes, en pleurant, avant de revenir avec les inconnus de la salle d'attente, qui lui firent un accueil triste mais compatissant. Elle se tint debout contre un mur et attendit sans bouger le retour de Marie-Ange. Elle n'avait qu'une image en tête, tous ces tuyaux branchés sur le mari de son amie, qu'elle avait réussi à entrevoir en l'espace de quelques secondes. Profondément choquée et secouée, elle ne cessait de se répéter *« oh mon Dieu, oh mon Dieu ! »*.

Le temps passait, Marie-Ange ne revenait pas. Laura redoublait d'inquiétude. Puis un jeune homme entra, complètement atterré et stupéfait. Et la femme qui avait expliqué à Laura ce qu'il fallait faire recommença, avec la même patience, à expliquer au jeune homme ce qu'il fallait faire. Laura ne comprenait pas pourquoi il n'y avait pas de personnel pour accueillir les familles et les diriger. Mais elle ne poussa pas plus loin sa réflexion car Marie-Ange était de retour.

Laura se précipita sur son amie en demandant des nouvelles de son mari.

Marie-Ange tout en se débarrassant de son accoutrement répondit tout bas à son amie.

— Ca va, ça va, il reprend tout doucement, l'intervention s'est bien passée.

— L'intervention ! Mais quelle intervention ? Tu ne m'as pas parlé d'intervention ? Laura s'affolait.

— Viens, on sort, je t'expliquerai dehors.

Laura enleva prestement sa blouse et suivit – plastiques aux pieds – Marie-Ange, qui ne dit pas un mot jusqu'au parking. Laura se tut également pour laisser le temps à son amie de se remettre de ses émotions.

— Est-ce que tu peux rester avec moi et dormir à la maison cette nuit. Tu te rends compte que je ne peux même pas aller le voir avant 13 heures demain. Je vais devenir folle !

— Mais bien sûr que je vais rester avec toi mais pourquoi tu ne pourrais pas aller le voir avant ? Je ne comprends pas !

— Parce que les heures de visite sont strictes : de 13 heures à 14 heures et de 19 heures à 20 heures !

— Mais tu peux quand même leur téléphoner !

— Ouais, mais tu sais je connais la maison, on dirait que tu leur arraches le foie en leur demandant des renseignements ! De toute façon, je m'en fous, j'irai quand même demain matin faire le planton. Il faut que je voie son Docteur, il faut qu'il m'explique certaines choses !
— Mais dis-moi, c'est quoi cette intervention ?
— Eh bien figure-toi qu'on lui a fait un triple pontage !
— Un triple quoi ? !

Marie-Ange ne put retenir ses larmes plus longtemps. Laura la prit dans ses bras et tenta de la consoler. Puis ses larmes firent place à une rage trop longtemps contenue.

Laura complètement déboussolée avait du mal à suivre, mais elle écouta sagement son amie.
— En tant qu'infirmière, je sais bien que ses douleurs au cœur étaient trop rapprochées et n'étaient pas normales et qu'il fallait faire une coronarographie. En principe, on en fait une au moins tous les deux ans. Mais son Docteur, depuis 1990, n'a pas jugé utile de lui prescrire à nouveau cet examen et voilà, aujourd'hui il s'est retrouvé devant le fait accompli. Alors que s'il avait fait cet examen plus tôt, cela n'aurait peut-être rien changé à la situation finale, mais il n'aurait pas fait cette grosse crise d'angoisse, il ne serait pas rentré de toute urgence à l'hôpital… Il aurait eu le temps au moins de se préparer psychologiquement à cette grave intervention. Tu sais, c'est pas rien un triple pontage… C'est une opération à cœur ouvert où on remplace les vaisseaux qui sont bouchés par d'autres vaisseaux qui sont sains, prélevés sur une autre partie du corps, en créant des petits ponts afin de rétablir une bonne circulation sanguine… Bref, je sais pas si tu vois ce que je veux dire, mais je te ferai un dessin à la maison pour que tu comprennes mieux.
— Mais je comprends pas… ton mari était bien suivi pour une angine de poitrine… il avait un traitement je

crois, pour éviter ce genre de crise… Il n'aurait pas dû avoir ce problème !

— Tu sais, il y a des gens qui n'ont aucun problème de cœur et aucune angine de poitrine et qui du jour au lendemain se retrouvent à l'hosto pour un pontage, voire un double ou triple pontage. Le fait de suivre un traitement n'implique pas forcément le fait qu'il n'y ait aucun risque.

— Tout ça, c'est bien compliqué pour ma petite tête, si on rentrait maintenant, ça ne sert à rien qu'on reste ici plus longtemps. Je peux conduire si tu veux.

— Ouais je veux bien car je me sens complètement vidée. Merci Laura, t'es vraiment super !

Après s'être aperçue qu'elle avait oublié d'enlever ses maudits chaussons en plastique, elle se les arracha des pieds, les jeta dehors et Laura démarra en trombe et le trajet bien que très court, fut pénible.

Laura appela son fils pour le rassurer, car il l'avait vue partir en catastrophe, et lui dire qu'elle restait ce soir à Versailles avec son amie. Elle appela les jumelles qui étaient parties, Dieu merci, en week-end chez les beaux-parents à ROUEN, mais qui reviendraient plus tôt que prévu, demain matin, avec les beaux-parents, complètement anéantis par la nouvelle. Tout s'était passé tellement vite, en l'espace d'une demi-journée ! Marie-Ange pour ne pas inquiéter les parents de Robin et ses filles avait préféré appeler après l'opération. Ils resteraient à présent aux côtés de leur belle-fille. Ils adoraient Marie-Ange qui avait su rendre tellement heureux leurs fils unique.

Laura prépara une soupe. Mais Marie-Ange ne put avaler une seule cuillère tant elle était inquiète et très contrariée. Il n'y eut que les mots et les bonnes paroles de Laura pour la calmer. Elles parlèrent une bonne partie de la nuit. Marie-Ange lui raconta depuis le début comment s'était passée cette horrible journée, depuis la venue des pompiers en milieu de matinée, jusqu'au retour du bloc opératoire à 19 H 30.

Marie-Ange se dressa tout d'un coup dans son lit :

— Et s'il devait mourir dans la nuit, je ne serais pas à ses côtés, c'est insupportable ! Je me demande pourquoi on n'a pas voulu que je reste auprès de lui !

— T'inquiète pas Marie, tu leur as donné ton numéro à la maison, ton portable, mon portable, dis-toi bien que s'il devait arriver quelque chose, ils n'hésiteront pas à t'appeler. Ils doivent avoir l'habitude.

— Ouais, mais j'aurais préféré rester à ses côtés, tu comprends, je suis sa femme, et merde, ils peuvent pas le comprendre ça !

— Tu sais Marie, ça doit être pareil pour tout le monde, on n'a vu personne rester !

— Et tu crois que c'est normal toi !

Laura ne répliqua pas, poussa un long soupir, joignit ses mains et dans le lourd silence de la nuit et dans la douleur de l'incompréhension se mit à prier et à dire tout bas un « Notre père, qui êtes aux cieux… »

Les parents de Robin sonnèrent à la porte à 9 heures tapantes. Les jumelles se précipitèrent dans les bras de leur mère et formèrent aussitôt un trio émouvant. Laura conversa avec les beaux-parents de son amie pendant que celle-ci tentait de réconforter ses filles. Laura rassura de son côté tant bien que mal Monsieur et Madame DE LA NORMANDIE, puis elle prit congé rapidement de toute la famille lorsque Thierry, le frère aîné de Marie-Ange, arriva sur les lieux et reprit les choses en main.

Laura repartit, le cœur serré, vers sa banlieue. Marie-Ange insista pour que Laura prenne sa voiture. Ainsi, elle pourrait se déplacer plus facilement au cas où Marie-Ange aurait besoin d'elle. Laura lui en sut gré car elle ne se sentait pas, après la nuit passée, d'attendre bus, train et RER un dimanche matin en direction de CERGY. Marie-Ange utiliserait la voiture de son mari bien qu'elle appréhendât un peu de prendre cet énorme 4 x 4, mais vu les circonstances, elle était prête à surmonter tous les obstacles et à affronter tous les dangers. Elle téléphona immédiatement à l'hôpital pour prendre des nouvelles de son mari, qui était toujours en salle de réanimation mais avait bien dormi lui avait-on dit.

Elle voulut prendre rendez-vous le matin même avec le Cardiologue qui suivait son mari, mais c'était dimanche et le Professeur « TOUT PUISSANT » ne travaillait pas. Bien sûr ! Marie-Ange s'affola. Vers qui pouvait-elle se tourner pour avoir des explications ? Et s'il y avait une complication ? L'infirmière lui répondit qu'elle pourrait – avec un peu de chance – voir le médecin chef responsable du service pendant sa tournée de 13 heures. Elle lui dit aussi qu'il était inutile de venir avant. Marie-Ange avait les nerfs en pelote. Et le Chirurgien, pouvait-on l'avoir au téléphone ? C'est dimanche, Madame, il ne travaille pas. Bien sûr, elle avait oublié ! Et pour rompre l'isolement et l'angoisse des familles, c'est quand dimanche ?

Laura appela son amie dès qu'elle fut rentrée à CERGY. Mais Marie-Ange était incapable de tenir une conversation. Elle s'excusa et promit à Laura de l'appeler dès qu'elle aurait vu Robin. Mais Laura était aussi inquiète que son amie et Jérémy proposa à sa mère de l'emmener balader au Château de SAINT-GERMAIN EN LAYE, histoire de se changer les idées. Il savait que c'était sa balade préférée, surtout quand elle n'avait pas le moral. Jérémy avait l'habitude de conduire la voiture de tati Angie et Laura fut rapidement grisée par ce petit voyage inattendu. Son fils la rassura quelque peu en lui annonçant que le père de son copain Frédéric avait dû lui aussi subir récemment un pontage et que depuis quelques années, c'était une opération pratiquée tous les jours par les chirurgiens.

— C'est normal maman, dès qu'il s'agit d'une opération qui touche le cœur, on pense tout de suite à la catastrophe. Bien sûr, tu ne me croiras pas si je te dis que l'intervention est sans risques, mais on vit très bien maintenant avec un cœur rafistolé.

— Mais comment tu sais tout ça, toi ?

— Parce que son père s'est abonné à une revue du cœur et tout est bien expliqué. Tu comprends, ça intéresse Frédéric car il a lui aussi des problèmes de circulation de sang ?

— C'est héréditaire ? !

— Non, je crois pas, mais ça joue peut-être un peu.

Ils décidèrent d'aller manger une crêpe dans le village puis d'aller se promener dans les larges allées du parc du château. Le temps était pluvieux, mais il ne faisait pas froid. C'était pourtant bientôt l'hiver. Il n'y avait plus de saison, même dans le Nord !

Le portable de Laura se mit à sonner. C'était Marie-Ange. Il était 14 H 30. Elle venait de voir Robin. C'était horrible ! A tour de rôle, ils ont dû enfiler les blouses et les plastiques. Ils étaient tous choqués, surtout les jumelles qui avaient insisté pour voir leur père, c'est normal. Mais Marie-Ange ne les emmènera plus. Elle ne supportait pas de voir ses filles pleurer, car elle pleurait avec elles. Les parents de Robin étaient aussi très effondrés. La mère surtout. Laura ne savait plus quoi dire et demanda si elle voulait la voir. Marie-Ange n'avait plus le courage de parler. Laura dit à son amie qu'elle allait venir tout de suite avec Jérémy. Elle raccrocha péniblement.

C'est le frère de Marie-Ange qui vint lui ouvrir la porte. C'est le seul qui n'avait pas encore vu Robin et qui n'avait donc pas eu le temps d'être choqué. Mais il le verrait ce soir. Les jumelles et les beaux-parents resteront à la maison. Il est vrai qu'en l'espace d'une heure, le temps de passage de chacun est compté.

Laura demanda à son amie si elle avait pu voir le médecin chef de service.

— Oui, c'est une femme, qui m'a confirmé que tout s'était bien passé et qu'il resterait en réa pendant encore quelques jours, puis on le monterait au 1er étage au service des soins intensifs, puis c'est tout, elle m'a rien dit de plus, et elle m'a conseillé de prendre rendez-vous avec le Professeur TOUT PUISSANT.

— Bon, tu es un peu plus rassurée maintenant ?

— Ouais, mais tu sais, c'est le fait de le voir avec tous ces tuyaux de partout. Pourtant, j'y suis habituée, mais quand c'est quelqu'un de ta famille, en plus quelqu'un d'aussi proche, ça fait vraiment quelque chose là ! Et Marie-Ange toucha son cœur.

— Je comprends Marie, mais ça devrait aller en s'améliorant maintenant, tu dois rester forte. C'est maintenant que Robin a besoin de toi.

— Oui, je sais, je lui parle, il me regarde, mais il ne peut pas parler, c'est dur… parce que je ne sais pas s'il souffre… alors je lui ai dit : si tu souffres, ferme les yeux… et il a fermé les yeux, tu ne peux pas t'imaginer à quel point j'ai eu mal. Bien sûr, je suis allée voir tout de suite l'infirmière qui m'a dit qu'il était déjà sous perfusion et que ça irait mieux dans un moment.

— Est-ce qu'ils savent que tu es toi aussi infirmière ?

— Eh oui ! c'est bien pour ça, qu'ils doivent s'imaginer que je peux maîtriser mes émotions, mais comme je te l'ai dit, quand ça te touche de très près, tu réagis comme tout le monde.

En fin d'après-midi, Laura, Marie-Ange et son frère se rendirent de nouveau à l'hôpital. Jérémy décida qu'il irait voir tonton Robin une fois qu'il serait sorti de réa. En fait, il voulait rester auprès de Sandy qui paraissait plus vulnérable. Elle s'était blottie dans les bras de Jérémy et elle ne le quitta pas de l'après-midi. Elle n'arrêtait pas de lui demander si son père allait mourir. Jérémy la réconforta en lui disant qu'il était impensable que son père meure maintenant au moment où elle avait le plus besoin de lui. Jérémy était très bouleversé par cette situation. Lui qui ne connaissait pas son père était très ému de voir à quel point un enfant peut aimer et s'attacher à un père. Le sien, il l'avait perdu à jamais. Mais il préférait n'avoir pas connu son père que de l'avoir connu, l'avoir aimé et le perdre éventuellement de cette façon ! C'était encore plus injuste ! Mais ça n'arriverait pas à Sandy ! Elle ne méritait pas ça ! ni Sandra, ni tati Angie !

A 19 heures, ils reprirent le même scénario. Marie-Ange ne réfléchissait plus et agissait comme un automate. Elle rencontrait forcément les mêmes gens dans la grande salle commune. Aucun sourire n'éclairait tous ces visages tendus et anxieux. *« Nous sommes si peu de choses, c'est mon amie la rose qui me l'a dit ce matin ».* Laura y pensa soudain. Et c'est dans des moments comme ça que l'on pense inévitablement à la mort. C'est sûrement très triste pour tous ceux qui restent ! Laura n'avait jamais perdu quelqu'un de sa famille et n'était d'ailleurs jamais allée à un enterrement. Elle ne savait donc pas ce que c'était. Mais elle ne cherchait pas non plus à le savoir.

Après la visite, ils échangèrent dans la voiture leurs différentes impressions. Marie-Ange elle, restait sur l'idée que cela n'aurait jamais dû arriver et elle se languissait de revoir le cardiologue de son mari pour avoir des éclaircissements. Son frère essayait de la raisonner en lui disant que le plus important, c'était que son mari était vivant et qu'il allait s'en sortir. Laura par contre restait perplexe devant la machine sophistiquée que représentait l'être humain et outrée par le comportement et l'indifférence de certains médecins face au choc subi par les familles. Il est clair qu'ils ne comptent plus, eux-mêmes, le nombre de chocs qu'ils ont subis depuis le début de leur carrière, mais pour chaque famille qui vit cette expérience malheureuse, c'est certainement, le plus souvent, l'unique choc de leur vie. Ils ne peuvent pas bien entendu perdre leur temps avec chaque famille, mais les familles ne leur demandent pas tant, ils réclament juste un sourire ou un petit mot d'encouragement. Laura s'était vite rendu compte que le « petit » personnel était beaucoup plus aux petits soins auprès des malades et rassurait davantage les familles. Hommage leur soit ici rendu ! Leur présence est indispensable et ils méritent sans aucun doute d'être reconnus dans leurs métiers quels qu'ils soient ! Ils le méritent autant que des médecins qui ont BAC + 10 !

C'était dimanche soir. Marie-Ange eut beaucoup de mal à séparer Sandy de Jérémy, mais il fallait bien rentrer à CERGY. Mais une maman sait toujours comment s'y prendre et Marie-Ange parvint à récupérer sa fille avec la complicité de Sandra.

Nouvelle semaine de boulot-métro-dodo pour Laura. Et semaine d'hosto-réa-dodo pour Marie-Ange. Tous les soirs, Laura appelait son amie. Robin était apparemment hors de danger et se rétablissait petit à petit. Le grand choc était passé. Mais personne n'oublierait. Marie-Ange put enfin rencontrer le Professeur TOUT PUISSANT, très occupé et toujours pressé, qui lui tint à peu près ce langage :

— Je préfère vous prévenir et vous dire tout de suite que si vous décidez d'aller ailleurs, c'est à vos risques et périls ! Si votre mari doit subir un quelconque déplacement, il ne s'en remettra pas !

— Mais Docteur, ce n'est pas ce que je vous demande ! Je vous dis tout simplement qu'il serait peut-être plus opportun de prévoir sa convalescence dans un autre établissement... Il a été très choqué par cette intervention, par la nécessité d'opérer sur-le-champ... il prenait un traitement régulier, celui que vous lui avez prescrit, et il n'a toujours pas compris comment cela a pu arriver.

— Mais enfin Madame DE LA NORMANDIE réfléchissez un peu ! Je veux bien que vous soyez choquée vous aussi, mais je ne suis pas un Manitou, comment voulez-vous que j'imagine ce qui a pu se passer. Je n'en sais pas plus que vous ! Son mauvais état s'est accéléré d'un seul coup et personne ne pouvait le prévoir et c'est tout !

Le Monsieur commençait à s'énerver... Il titillait sa moustache, Marie-Ange aussi !

— Je ne pense pas que trois artères puissent se boucher comme ça du jour au lendemain ! Pourquoi ne lui avez-vous pas prescrit plus tôt une coronarographie, d'autant plus qu'il vous a dit à maintes fois qu'il avait des crises de plus en plus rapprochées !

— Madame DE LA NORMANDIE, dit-il enfin sur un ton plus calme avec parcimonie, vous connaissez mieux votre mari que moi, vous savez bien qu'il a tendance parfois à exagérer...

Marie-Ange rapporta texto à son amie cette fameuse conversation. Laura n'en revenait pas du manque de délicatesse professionnelle et l'absence totale d'humanité de ce professeur pourtant très réputé...

— Et alors, comment s'est terminée la visite, demanda Laura complètement ahurie par le comportement du tout puissant.

— Eh bien ! je me suis mise à la place de mon mari et j'ai vraiment eu l'impression d'être trahie par la personne en laquelle j'avais le plus confiance, qui était censée me sauver la vie ; il l'a sauvée certes, in extremis, mais c'est comme s'il avait forcé le destin ou fait exprès d'aggraver mon état pour essayer de me tuer pour finalement mieux me sauver. Comme un tueur qui poignarde sa victime et qui se transforme immédiatement en chirurgien remarquable en la sauvant d'une mort certaine. Non mais, je rêve, j'hallucine, c'est quoi cette pratique ! Je sais bien que dans les hôpitaux, ils raffolent de ces cas, ça fait avancer la science, mais il y a des limites à respecter, merde !

— Et alors, qu'est-ce que tu lui as répondu à ce gros tas ?

— Tout simplement que je comprenais aujourd'hui pourquoi mon mari se sentait souvent triste… et totalement abattu… chaque fois qu'il revenait d'une visite… et que s'il avait su que ses craintes et ses plaintes étaient diagnostiquées comme étant de simples exagérations… il aurait depuis longtemps pris d'autres dispositions. Alors figure-toi que Monsieur s'est levé comme un fou, t'imagine… et il m'a dit de faire comme je voulais… et il m'a répété que si je le changeais d'hôpital, ce serait à mes risques et périls… et qu'il se dégageait complètement de toute responsabilité !

Marie-Ange avait la gorge nouée et avait du mal à s'exprimer, mais Laura l'encouragea à continuer à raconter cette mauvaise histoire.

— Tu sais, devant tant de désinvolture et de mépris, en l'espace d'une seconde, j'ai eu envie de le frapper, puis j'ai pensé à mon mari. Il fallait qu'il guérisse le plus vite possible et qu'il sorte de cet enfer le plus tôt possible. Et j'ai pensé qu'il ne valait mieux pas que j'énerve davantage le Monsieur, il aurait pu se venger sur Robin. Mais en tout cas, c'est sûr, je déposerai une plainte auprès du Conseil de l'Ordre des Médecins. Même si ça ne fait pas des vagues, au moins ils sauront ce que je pense. Peut-être qu'avec le temps ou à force de recevoir des plaintes, car je suis sûre qu'il doit être comme ça avec tous ses patients, le Conseil prendra peut-être des mesures à son encontre.

— En tout cas Marie, si t'as besoin d'un avocat, j'en connais un qui est à fond sur les dossiers médicaux, il se fera un plaisir de prendre ton dossier…

Marie-Ange se calma peu à peu et décida pour le moment de ne plus intervenir directement auprès du Monsieur « TOUT PUISSANT ». Bien lui en prit, car miraculeusement ou plutôt curieusement, son mari l'informa du nouveau comportement du Professeur à son égard. Il était devenu plus doux et disponible, il lui expliqua même en détails le déroulement de l'opération en lui montrant différentes radios et lui indiqua toutes les précautions qu'il devrait prendre par la suite. Il avait même réussi à faire sourire Robin. Marie-Ange lui en sut gré mais pensa qu'il en était peut-être pas à sa première plainte… et qu'il valait mieux changer d'attitude. Marie-Ange était prête à tout, il a bien dû le comprendre.

Laura bien que suivant de très près le parcours de Robin en soutenant le plus possible son amie, avait retrouvé sa petite histoire, ses récents déboires et ses roses quotidiennes… Elle commençait à s'émouvoir et à vouloir connaître un peu mieux les règles du jeu. Tant et si bien qu'elle affronta la réalité et téléphona enfin à Didier alias « The Didi ».

8. « Aide-toi, le ciel t'aidera »

C'était vendredi soir, enfin le week-end ! Laura profita de l'absence inopinée de Jérémy. Il lui avait laissé un mot sur la table du salon en lui indiquant qu'il avait réussi à obtenir un rendez-vous avec « RADIO NUMBER ONE » à 18 heures pour un entretien d'embauche. Il demandait à sa mère d'écouter la radio à 22 heures. C'était l'émission « Voyages au bout du monde », que Laura écoutait régulièrement. *« Maman, si tu m'entends animer cette émission avec Fabien « LE GRAND », ça voudra dire que je suis pris ».*

Laura sourit à cette merveilleuse idée. Elle espérait tant que son fils parvienne à décrocher un contrat avec une radio. C'était son rêve, sa passion. Ce n'était pas la première fois qu'il tentait sa chance. Il n'avait pas choisi un milieu facile. Mais Laura savait qu'il finirait par faire son trou. Il avait du talent à revendre ! C'était un meneur de jeu, un boute-en-train infatigable, un animateur né ! Il avait les qualités pour réussir. Déjà, tout petit, à l'âge de 3 ans, il avait annoncé fièrement à sa maman qu'il serait Chef des français ! Laura avait bien rigolé. Mais aujourd'hui, elle était persuadée qu'il serait sans doute un Chef, pas des français, mais sûrement Chef de quelque chose. Pour l'instant, il était le Chef d'une bande impressionnante de copains et de copines un peu partout dans le monde… et dans son salon ! Jérémy avait le don de la communication avec les gens ! Laura était fière de son petit Chef ! Mais elle espérait que Jérémy allait avant tout décrocher cette année son BTS, force de vente !

Laura prit la carte de visite que lui avait remis The Didi avec les roses, regarda sa montre, 20 H 30, c'était une bonne heure. Elle composa nerveusement le numéro de téléphone portable de celui-ci. Elle entendit son cœur battre la chamade et resta sans voix dès qu'elle entendit sa voix. Celui-ci attendit calmement que Laura entame la conversation ; il savait que c'était Laura grâce au système d'affichage du numéro. Laura ne le savait pas et n'avait d'ailleurs même pas imaginé que Didier aurait pu l'appeler cent fois en demandant simplement son numéro de téléphone à son frère. Il prit quand même l'initiative de parler pour combler le silence…

— Laura, je sais que c'est vous, votre numéro s'est affiché sur mon portable, vous pouvez me parler, je ne vais pas vous manger.

Elle l'entendit rire et Laura pour ne pas paraître plus ridicule déballa alors son sac, en essayant de paraître naturelle.

— Ecoutez Didier, je suis très touchée par vos attentions mais je vous appelle pour vous dire d'arrêter de m'envoyer des roses. J'ai compris le message, mais vous, vous n'avez pas l'air de comprendre que je ne tiens pas spécialement à vous revoir. Je veux oublier toute cette histoire !

— Je comprends Laura, je comprends… mais d'abord je voudrais vous dire que je suis très content de vous avoir au téléphone, cela fait tellement longtemps que j'attends ce moment… écoutez Laura, je veux absolument avoir une explication avec vous et je préférerais vous voir.

— Mais quelle explication ? ! j'comprends pas ? Vous n'avez pas d'explication à me donner, tout est clair ! Votre frère m'a menée en bateau, j'y ai cru et je me suis encore pris une gifle plein la gueule ! A part ça, tout va bien !

— Je sais Laura, vous avez été déçue par mon frère et vous êtes furieuse, je le comprends.
— Non, vous ne comprenez pas ! Premièrement, ça ne vous a pas choqué que votre frère me mente ; deuxièmement, vous avez considéré que c'était tout à fait normal qu'il parte sans crier gare du jour au lendemain aux Etats Unis ! J'aurais préféré qu'il me dise tout simplement que notre conversation l'avait aidé à réfléchir et qu'il comptait finalement partir en Amérique pour ramener sa femme…

Laura marqua un temps d'arrêt puis enchaîna ironiquement :
— Et bien sûr, j'aurais préféré qu'il m'avoue qu'il n'était que sé-pa-ré de sa femme, et non pas divorcé ! C'est trop demander à un homme qu'il dise tout simplement la vé-ri-té !
— Mais enfin Laura, je suis d'accord avec vous, mon frère n'a pas été très correct avec vous, c'est clair, il s'est conduit comme un goujat, mais vous ne m'avez pas laissé le temps de terminer l'autre fois… Je lui avais conseillé de vous dire la vérité avant de partir, mais il avait peur, en fait, de revenir en France bredouille et il avait l'intention de vous revoir à son retour…
— Ben voyons ! pour le cas où il n'aurait pas pu récupérer sa femme, j'aurais servi de bouche trou, non mais je rêve ! Si vous cautionnez ce genre d'attitude, je raccroche immédiatement !
— Mais non Laura, calmez-vous ! Vous êtes toujours aussi impulsive ? Laissez-moi terminer au moins. Mon frère avait l'intention de vous revoir pour vous expliquer la situation et vous faire ses excuses… Vous savez, il a gardé une très haute opinion de vous et il voulait absolument rester ami avec vous.

Laura se calma aussitôt, elle avait besoin d'entendre ces mots, LES EXCUSES de Jean-Jacques, même dits de la bouche de son frère. Elle soupira très fort. Elle comprit à présent que cela ne servait à rien de faire un drame de toute cette histoire qui en fait n'avait ni queue ni tête.

— Ecoutez Didier, je traverse des moments pénibles en ce moment, j'ai les nerfs à fleur de peau, ne m'en voulez pas d'être aussi agressive avec vous, je sais que vous n'y êtes pour rien !

— Ce n'est pas grave Laura, je serais bien bête de vous en vouloir, au contraire j'admire beaucoup votre sens de la morale mais j'aimerais maintenant qu'on arrête de parler de mon frère et qu'on parle de nous… de vous et de moi !

— Vous et moi… je ne comprends pas…

— Les roses Laura, les roses…

— Eh bien quoi, les roses ? !

— C'est pour vous dire que j'ai envie de vous revoir, j'ai envie de mieux vous connaître !

— Mais enfin Didier, vous sortez avec Agnès…

— C'est fini Agnès ! C'est fini !

— Ah !

Long soupir de Laura. Silence de Didier. Un ange passa.

— Il faut que je réfléchisse à tout ça Didier, excusez-moi, je vous rappellerai.

— Non Laura, je vous attends au Barachois quand vous voudrez ! Je vous attends. Je vous embrasse. A bientôt, au revoir.

Et Laura s'entendit dire :

— Oui, à bientôt, au revoir.

Elle avait perdu la tête… et aussi 5 kg depuis la rentrée entre tous ces événements ! Allait-elle à présent maigrir à vue d'œil comme elle avait grossi, à vue d'œil !

Laura réfléchit à toute hâte. Comment pouvait-elle plaire à Didier ? Ils se sont à peine vus et n'ont guère discuté ensemble… Elle se souvint de son accueil chaleureux au Barachois puis de son départ précipité de son bureau… Qu'est-ce qu'elle a pu faire dans ce laps de temps pour que Didier porte son dévolu sur elle ?

(Comme d'habitude, Laura cherchait toujours une justification à toutes les situations qu'elle vivait. En fait, Didier avait espionné tous ses faits et gestes depuis son entrée au Barachois. Piqué par la curiosité « masculine », il ne l'avait pas quittée des yeux. Jean-Jacques n'arrêtait pas de parler de cette fille extraordinaire à laquelle il téléphonait sans cesse ; il ne l'avait pas encore vue qu'il était déjà amoureux d'elle. Son frère avait les yeux qui brillaient dès qu'il parlait d'elle. Les yeux de Didier, eux, ne brillaient plus depuis longtemps, depuis qu'il avait perdu sa femme, il y a cinq ans, morte d'un cancer ; il ne lui restait plus que sa petite fille âgée à présent de 8 ans. Didier ne voulait donc pas perdre de vue la femme qui avait réussi à faire briller les yeux de son frère et à lui redonner goût à la vie !

Il allait l'aimer, pour un tas de petites choses, mais surtout parce que Laura était restée en admiration devant le chef d'œuvre des « angelots de la mer » accroché à l'entrée du bar. Elle l'avait même effleuré de la main. C'est sa femme, artiste-peintre, qui l'avait peint. Jamais personne ne s'arrêtait devant ce petit tableau auquel il tenait tant. C'était son préféré. La fibre de l'amour se réveilla définitivement à cet instant précis dans le cœur de Didier. Laura était la nouvelle élue, forcément !

Laura ne le savait pas encore. Mais lorsque l'amour arrive, c'est comme une grâce : toutes les difficultés de la vie semblent plus légères et tous les efforts que l'on fait pour s'en sortir ne ressemblent plus à des sacrifices. Laura affrontera courageusement toutes les situations, car l'amour transforme les êtres, et il est bien vrai que « rien ne nous est donné sur terre que l'on ne puisse supporter ».

Il était bientôt 22 heures. Laura se brancha sur les bonnes ondes. Et Monsieur Fabien LE GRAND présenta son nouveau collègue dans son émission « Voyages au bout du monde » : Jérémy WILLIS !

Que d'émotions pour Laura ce jour là ! Mais son cœur tint bon. Le bonheur ne fait jamais de mal !

Après l'émission, Jérémy téléphona à sa mère, fou de joie. Bien entendu, maman Laura était très « zémue ». Elle dut lui dire une bonne dizaine de fois qu'il avait été tout simplement royal ! Suite à la conversation qu'elle avait eue avec Didier, il ne pouvait pas mieux tomber pour faire diversion et empêcher Laura d'avoir « le blues » ! Jérémy parla au moins une heure avec sa mère. Il fallait attendre le résultat de l'audimat pour connaître le verdict définitif. Mais Laura ne se fit pas de soucis pour son fils. Toutes les personnes qui avaient appelé dans le courant de l'émission au sujet de leur voyage dans les îles de l'Océan Indien (c'était le thème de ce soir) ont eu largement le temps d'apprécier le sens de l'humour de Jérémy. C'était un vrai régal, les gens n'arrêtaient pas de rire ! Laura aussi !

Jérémy resta sur Paris. Il dormit chez le frère cadet de Marie-Ange qui habitait un petit dernier étage terrasse en plein cœur de la capitale, ce qui n'était pour déplaire à son fils, qui s'offrait de temps en temps un petit week-end parisien.

(Laura put s'endormir facilement. Son cœur de mère était comblé. Son fils était plus important que tous les hommes de la terre ! Mais elle allait bientôt comprendre que l'amour d'un homme était aussi indispensable !)

Laura se réveilla le lendemain, en pleine forme, pour de vrai ! Elle fit semblant, par contre, de faire un peu de ménage. Puis, vers 10 heures, elle téléphona à Marie-Ange en prenant d'abord des nouvelles de Robin, qui allait de mieux en mieux, puis en racontant à Marie-Ange les exploits de son fils et enfin l'intrigante conversation avec Didier. Qu'en pensait-elle ? Comment devait-elle réagir ?

Marie-Ange n'en croyait pas ses oreilles !

— Laura, arrête de tergiverser, prends enfin la vie comme elle vient ! Cela fait plus de deux ans que tu n'as personne dans ta vie, ça ne pourra pas te faire de mal ! Vas le voir ce soir !

— Mais Marie, on devait passer le week-end ensemble pour parler enfin de notre projet de club !

— Le club attendra, y a des choses plus importantes à réaliser pour le moment, tu as besoin de t'éclater Laura !

— J'ai peur Marie... j'ai peur !

— Mais peur de quoi enfin !

— Ecoute, je ne l'ai vu qu'une fois et tu sais dans quelles conditions ! Je ne saurai pas de quelle manière je dois me comporter avec lui.

— Tu aviseras une fois sur place, et si l'ambiance ne te plaît pas, t'auras qu'à partir, c'est pas difficile !

— Pas difficile pour toi ! Mais mets-toi une minute à ma place...

— Ah, si je pouvais, ce serait avec plaisir Laura !

Laura finalement éclata de rire.

— Ecoute Laura, tu l'appelles, tu lui dis que tu as des courses à faire cet après-midi à PARIS et que tu passeras le voir 5 minutes au bar, histoire de boire un pot dans un endroit agréable !

— Viens avec moi Marie ! supplia Laura.

— Ah non, cette fois-ci tu te débrouilles ma grande, il faut que t'assumes !

— Je sais pas comment m'habiller ! gémit Laura.

— Oh, arrête Laura, vas-y en jeans si tu veux, mais surtout maquille-toi et coiffe-toi, il en vaut la peine lui !

— OK, je ferai un effort, mais tu sais, je ne suis pas prête à fréquenter un homme, ni dans mon corps ni dans ma tête ! Elle souffla.

— Il faut que tu fasses le premier pas Laura, c'est le moment ou jamais, tu as 40 ans et tu peux encore refaire ta vie !

— Bon, je vais essayer, mais je te jure que j'ai peur Marie !

— Je te comprends… je sais que tu n'as plus besoin d'homme, mais si l'amour vient à toi, tu ne vas quand même pas le refuser, c'est tellement agréable de se sentir aimée, rappelle-toi dans quel état tu étais lorsque tu sortais avec Michel… OK, ça n'a pas duré longtemps mais tu as été heureuse avec lui, même si cela n'a duré qu'un mois, et c'est ça l'essentiel !

— Mais justement, je n'ai plus envie de vivre des aventures sans lendemain !

— Mais enfin, qui te dit que ce sera une aventure sans lendemain, tu sais, ce mec, il a tout pour lui, il a de quoi aller fouetter ailleurs, c'est d'ailleurs ce qu'il a dû faire jusqu'à présent, et aujourd'hui, il a décidé de bloquer sur toi Laura, certainement parce que tu possèdes des qualités qu'il n'a pas réussi à trouver chez les autres !

— Arrête, tu vas me faire pleurer !

— Bon, allez bouge-toi ma vieille, vas-y, et fais-toi belle !

9. « Carpe diem »

Laura, courageuse mais pas téméraire, n'eut pas l'audace de rappeler Didier et décida de se rendre directement au Barachois. Il n'était pas là. Mais Jean-Jacques était là !

Il vint immédiatement à sa rencontre avec un petit sourire. Laura se décomposa.

Il était environ 16 heures, le bar était peu fréquenté à cette heure- ci et Laura se sentit seule perdue au milieu de l'océan. Et pourtant, il fallait braver la tempête !

— Bonjour Laura, je vous en prie, entrez, installez-vous, je suis content de vous voir, excusez-moi, installez-vous, je reviens…

Laura avait balbutié quelques mots, genre « *bonjour Jean-Jacques* », puis se dirigea vers un fauteuil, bien au fond de la salle. Elle vit Jean-Jacques discuter avec une petite fille blonde puis elle le vit téléphoner. Il revint vers elle avec deux cocktails maison. Il s'assit tout près d'elle.

Cette fois-ci, c'est Laura qui engagea la conversation, presque d'un trait.

— Ecoutez Jean-Jacques, votre frère m'a tout dit… Je ne vous en veux pas… Je ne tiens pas spécialement à reparler de toute cette histoire aujourd'hui. Je suis très pressée, je passe en coup de vent ici, je voulais juste voir votre frère 5 minutes, mais je vois qu'il n'est pas là, je ne vais donc pas rester longtemps.

— J'ai prévenu Didier que vous étiez là. Il est dans son bureau, il va descendre. Mais je voudrais quand même vous dire que je regrette sincèrement de vous avoir mise dans une situation embarrassante, je ne voulais pas vous blesser ni vous faire de la peine, je suis parti comme un lâche et j'avoue que je me suis conduit comme un idiot ! Je vous demande de m'excuser…

Laura pensa à la chanson de Balavoine *« Et pourtant, il faut vivre ou survivre, sans poème, sans blesser tous ceux qu'on aime, être heureux ou malheureux, vivre seul ou même à deux ».*

— OK, c'est oublié, c'est pas grave, j'espère au moins que vous avez pu ramener votre femme ?

Le large sourire de Jean-Jacques lui indiqua la réponse, mais il ne put rien ajouter, car la petite fille blonde l'avait rejoint et demandait à son tonton un verre de jus d'orange. Jean-Jacques la prit affectueusement par le bras et la présenta à Laura :

— C'est Harmonie, la fille de Didier.

Laura tenta de sourire (« si l'ambiance ne te plaît pas, t'auras qu'à partir… »), mais Laura parvint à sourire. Elle était bien élevée.

Quel drôle de prénom pour une petite fille songea Laura.

Et le tonton enchaîna :

— Harmonie ou Monie pour les amis !

La petite fille fixa Laura droit dans les yeux. Elle avait le même regard inquisiteur que son père. Il arrivait d'ailleurs, avec une démarche qui fit craquer Laura (elle avait l'impression qu'il dansait quand il marchait). Il fit un clin d'œil à Laura. Il prit sa fille dans les bras. Quel tableau familial attendrissant ! Laura se sentit mal à l'aise. Didier s'en aperçut. Il pria Jean-Jacques de s'occuper du goûter de la petite, ce qu'il fit avec un geste entendu avec son frère.

Laura tenta de se donner une contenance durant cette scène qui ne dura que quelques minutes mais qui parurent une éternité pour Laura. Elle était dans un état second. Elle eut l'impression d'avoir raté un épisode et se retrouva comme une pièce rapportée. (« t'auras qu'à partir »). Il valait mieux qu'elle parte. Elle s'apprêtait à prendre son sac, sans un mot, plutôt désappointée.

— S'il vous plaît, ne partez pas !

— Excusez-moi, mais je me demande ce que je fous ici !

— Laura, je vous en prie, ma femme est morte il y a 5 ans ; il ne me reste plus que Monie…

— Je… excusez-moi…

Laura baissa la tête sur ses mains jointes en désespoir de cause ! Mon Dieu, qu'avait-elle imaginé ? !

— Laura, je voulais justement vous voir pour vous expliquer ma situation familiale, comment aurais-je pu vous le dire auparavant ?

— Mais enfin Didier, vous n'avez pas d'explication à me donner, en ce qui vous concerne… on ne se connaît pas… j'avais une histoire avec votre frère et je me retrouve maintenant là avec vous ! Ce n'est pas ce que j'espérais !

— Je ne vous plais pas, c'est ça, hein ?

Et voilà Don Juan qui doutait de son charme. Laura apprécia. *Cela prouve au moins qu'il n'est pas prétentieux,* pensa Laura.

— Mais non, c'est pas ça ! C'est que tout simplement, je ne comprends pas... J'ai l'impression que vous êtes là pour faire... le relais, j'ai pas besoin de ça !

Didier l'interrompit gentiment, malgré les propos acerbes de Laura qui renforcèrent encore plus son envie de la séduire. Il tenta une autre approche.

— Ecoutez Laura, pourquoi vous compliquez les choses ? Vous me plaisez, j'ai envie de vous connaître davantage, on ne vous a jamais fait ce genre de proposition ?

Laura réussit à sourire.

Et Didier poursuivit :

— Je sais Laura, tout s'est enchaîné d'une façon peu orthodoxe et je comprends que ça puisse vous mettre mal à l'aise mais à présent, la situation est claire par rapport à Jean-Jacques. Quant à moi, je suis veuf avec une petite fille de 8 ans et si vous voulez bien m'accorder enfin votre confiance, je serai le plus heureux des hommes !

— Mais enfin, vous ne savez de moi que ce que votre frère a pu vous raconter !

— C'est bien pour ça que j'ai envie d'en savoir plus sur vous ! Arrêtez de vous mettre des barrières !

Laura dut convenir que Didier avait raison. Marie-Ange aussi (« tu as besoin de t'éclater »).

Laura sourit plus longuement. Didier fondait littéralement lorsque Laura souriait. Elle avait un visage de bébé rieur.

Didier lui parla de sa petite fille. C'est sa femme qui avait choisi son prénom. Il préférait celui de Jennifer qui était le deuxième prénom de sa fille. Il expliquait à Laura que Monie vivait à CHARTRES chez ses parents et venait voir son père à PARIS un week-end sur deux. La petite lui manquait énormément, mais son travail au Barachois ne lui laissait pas beaucoup de temps libre pour s'occuper parfaitement de sa fille.

Laura l'écouta avec attention et, mine de rien, l'observa. Marie-Ange avait raison. Il avait de quoi aller fouetter ailleurs ! Elle avait tout intérêt à faire un régime draconien pour retrouver sa ligne et toute sa féminité. Elle se demandait encore comment Didier pouvait s'intéresser à elle. A première vue, elle ne voyait vraiment pas ce qu'ils pouvaient avoir en commun !

Il est clair que Laura ne pouvait rester indifférente au charme de celui qu'on surnomme The Didi. Trop beau pour elle ! Genre « DE NIRO » ! De plus, il était habillé comme elle aimait, c'est à dire en pantalon gris et pull col roulé blanc. Moulé à l'italienne !

Laura dut prendre congé. Elle n'allait quand même pas rester toute l'après-midi au Bar. Didier avait discuté avec elle une bonne heure et Monie vint les interrompre au moins une bonne douzaine de fois. Il fallait bien sûr qu'elle profite au maximum de son père qu'elle ne voyait pas souvent. Laura remarqua tout de suite à quel point ils étaient attachés l'un à l'autre. Ils se faisaient des bisous rapides sur la bouche. Comme Tony et la petite Sam dans la série « Madame est servie ». C'était le feuilleton favori de Laura et Jérémy.

— Je dois partir maintenant. Vous allez commencer à travailler...

— Non, quand ma fille est avec moi, je commence beaucoup plus tard. Je peux vous raccompagner à CERGY si vous voulez.

Laura hésita, mais Monie qui était déjà revenue se glisser dans les genoux de son père lui demanda si elle pouvait venir elle aussi. Devant l'excitation de la petite fille, Laura céda. Elle était trop adorable !

The Didi fit attendre Laura et Monie, main dans la main, devant l'entrée du Barachois, le temps de récupérer sa voiture. Laura se mordit les lèvres en voyant arriver le véhicule : une AUDI TT ! Elle rêvait, elle allait se réveiller, et ça ferait mal !

The Didi sortit de la voiture pour ouvrir les portières à ces dames ! Embarquement immédiat pour CERGY-PONTOISE ! Le voyage fut un enchantement. Didier était aux petits soins et mit un CD de musique classique. Laura crut reconnaître Jean Sébastien BACH. Monie était sage en voiture, elle ne parlait plus, elle admirait le paysage et les jolies maisons. Didier n'avait d'yeux que pour Laura. Il se passait quelque chose entre eux. Elle le sentait à présent.

Arrivés à CONFLANS SAINTE HONORINE, le pays des péniches, Monie demanda à son père s'il était possible de s'arrêter dans cette petite ville pittoresque pour aller manger une crêpe. Didier, bien content de profiter davantage de la présence de Laura, acquiesça bien entendu à la requête de sa fille. Il choisit un endroit bien sympathique sur les quais. Un gros Saint-Bernard les attendait devant la porte d'entrée. Il se laissa caresser. Laura adorait ces chiens. C'était plutôt rare d'en voir un ici. D'habitude, ce sont des chiens de haute montagne. Monie imita Laura et caressa également le gros Saint-Bernard. The Didi fut plutôt attendri par la scène. Il y avait une cheminée dans ce petit café, ce qui était encore plus rare et la chaleur du feu de bois fut la bienvenue, car il commençait à faire bien froid dans le Nord. Laura pensa tout d'un coup aux fêtes de Noël qui approchaient à grands pas. Elle pensait à son Sud ! Bref, pour l'instant elle se retrouvait assise un beau jour de novembre de l'année 2000 sur un petit grain de sable perdu aux fins fonds du Val d'Oise entre The Didi et sa fille. Qui l'eût cru ! Pendant que Monie dégustait sa crêpe, Didier chercha la main de Laura et il la serra très fort pendant un court moment, certainement pour lui dire qu'il était heureux. Laura se perdit dans son regard.

Les bons moments ont une fin. Didier déposa Laura devant son immeuble. Monie s'était assoupie dans son cockpit à l'arrière de la voiture. Avant que Laura comprenne comment sortir de la voiture, Didier vint lui ouvrir la portière et elle en descendit promptement et se retrouva aussitôt contre Didier. Il l'enlaça étroitement et l'embrassa fougueusement. Laura quitta pendant cinq bonnes minutes le plancher des vaches. Bigre ! On ne l'avait pas embrassée comme ça depuis son adolescence ! Didier la lâcha enfin. Ils se regardèrent intensément. *« Je t'appelle demain, salut Laura ! »*. Il réintégra d'un pas rapide son Audi et attendit que Laura mette la clé dans la serrure de sa porte d'entrée. Elle le vit alors faire un geste que Laura n'avait jamais vu faire : il déposa un baiser sur le bout de ses doigts et souffla doucement sur le baiser imaginaire en le faisant rouler en direction de Laura. Waouh !

Laura appela sa mère puis Marie-Ange et raconta presque tout… Elle écouta KASSAV toute la soirée et dansa jusqu'à épuisement. Elle s'endormit habillée dans le gros pouf de Jérémy en se faisant une promesse : il fallait cette fois-ci qu'elle arrive à garder cet homme. Elle maigrirait, il le fallait. Elle avait déjà perdu 5 kilos en deux mois, si elle arrivait à en perdre encore cinq d'ici la fin de l'année, ce serait un bon résultat. Il lui en resterait encore une dizaine à perdre l'année prochaine ! C'est possible, elle doit y arriver. Elle irait courir avec Jérémy tous les dimanches matins et irait partager avec Virginie la passion de la gymnastique entre midi et deux. Que de concessions pour The Didi !

Jérémy arriva vers midi. Laura était prête. Son fils l'avait appelée vers 10 heures pour lui annoncer qu'il était pris et qu'il l'invitait à déjeuner au Flunch. Il fit tournoyer sa mère dans le salon puis, en la déposant, il s'aperçut qu'elle était maquillée et bien fringuée et il ne put s'empêcher de lui dire :

— Maman, tu n'es pas comme d'habitude aujourd'hui, qu'est-ce que tu as ? Tu as vu ton Didi, c'est ça, hein ?

Laura hocha la tête en lui faisant un sourire radieux. Jérémy était ému, cela faisait si longtemps qu'il n'avait pas vu sa mère heu-reuse ! Il la prit dans ses bras et il la fit danser.

— Je ne le connais pas encore ce mec, mais je sens maman qu'il est « en place » celui-là !

Laura sourit à son fils. Jérémy balançait toujours les phrases qui font plaisir au bon moment. Encore un de ses dons ! Il prit sa mère par le bras et ils partirent joyeusement fêter les événements dans leur restaurant de prédilection.

Ils se séparèrent après le déjeuner. Jérémy partit faire le fanfaron chez ses copains. Laura rentra à la maison en espérant qu'il y aurait un message sur le répondeur téléphonique. Non, pas de message. Mais son portable sonna à cet instant précis. C'était Didier.

— Bonjour, tu vas bien, je suis en bas de chez toi, avec Monie. Je dois la ramener à Chartres, tu veux venir avec moi ?

Laura chercha ses mots puis dit tout bêtement à Didier qu'il fallait qu'elle se prépare.

— Prends ton temps, je vais faire un tour au parc avec Monie, je serai là dans une demi-heure, ça ira ?

— Oui, ok, c'est parfait.

Laura remit ses souliers, se parfuma à l'iris de toscane et se remit un peu de rouge à lèvres. Elle téléphona à sa mère pour tuer la demi-heure !

Elle descendit enfin. Il était déjà là, debout contre la portière de son Audi blanche immaculée, vêtu avec élégance, même le dimanche. Dès qu'il l'aperçut, il ne la lâcha plus des yeux (*ça y est, c'est mon examen de passage, se dit Laura, il me détaille de la tête aux pieds, je suis bonne pour le rattrapage, il doit se dire qu'il y a du travail, je me sens mal* !).

C'est Monie qui vint d'abord à la rencontre de Laura.

— Bonjour, hier c'est toi qu'on a raccompagnée, aujourd'hui c'est moi ; j'ai demandé à papa si tu pouvais venir avec nous ?

Laura se sentit mieux d'un coup. (*Ah, les gosses !*). Elle fit la bise à Monie.

Laura s'approcha de Didier. Il l'embrassa sur les deux joues, bien sûr. Il lui ouvrit la portière. Elle prit place dans le carrosse. Monie s'engouffra bien sagement à l'arrière et on ne l'entendit que très peu durant le voyage. Surprenant pour une gamine de 8 ans ! Peut-être ne voulait-elle rien perdre de la conversation entre son père et la nouvelle élue ! Certaines petites filles sont malignes !

The Didi raconta à Laura ce qui s'était passé hier soir au Barachois. Il y avait toujours un spectacle extraordinaire. Il invitait Laura et ses copines à venir samedi prochain. Hélène SEGARA serait là !

Il expliquait également à Laura que depuis qu'il avait « licencié » Agnès, qui occupait au sein de son établissement un poste de « Manager Culturel », il avait du mal à trouver la perle rare, mais il espérait bientôt la remplacer et par un homme cette fois-ci. C'est à ce moment là qu'il fit un clin d'œil à Laura, à l'italienne !

Ils approchaient de CHARTRES, sans avoir fait d'escale. Papa n'a pas voulu. Elle n'avait pas encore fait ses devoirs. Laura dit à Didier qu'elle préférait attendre dans la voiture pendant qu'il ramenait Monie chez les grands-parents. Mais Monie, qui suivait tout, insista pour que Laura voie la maison où elle habite. Maison ! Disons plutôt genre petit château ! comme il en existe beaucoup entre SAINT-GERMAIN EN LAYE et VERSAILLES. Mais Laura préférait les petits châteaux de la Côte d'Azur, les superbes villas provençales. Y a pas photo ! Son pays lui manquait. Elle se languissait les vacances pour retourner du côté de NICE.

Après de brèves présentations auprès des parents de Didier, Monie entraîna Laura dans sa chambre. Elle avait collé de partout des posters de la belle Hélène SEGARA (!). Elle fit connaissance avec toutes les poupées de Monie et eut droit de voir son album de photos personnel. Elle lui montra son papa, son chien, tonton, pépé, mémé, ses copines…

— Et qui c'est cette dame assise sur un fauteuil roulant ?

— C'est ma mère ! Elle a eu un grave accident et tu sais, elle est morte maintenant.

— Je… excuse-moi Monie !

— C'est pas grave, elle est partie avec les petits anges de la mer, c'est papa qui me l'a dit.

Laura joignit de nouveau ses mains… et leva les yeux au ciel ! Elle n'avait plus le droit de se plaindre d'être – uniquement – grosse ! Elle ressentit immédiatement comme un sentiment de délivrance ! Vaut mieux souffrir pour perdre 20 kilos que de se retrouver dans un fauteuil roulant… mourir… et laisser derrière soi un petit être fragile !

Elle revint dans le salon et fut accueillie chaleureusement par les parents de Didier. « *Qu'est-ce qu'il a pu leur dire ?* ». Ils proposèrent un thé à Laura. Elle regarda Didier. Il regarda sa montre.
— Non maman, une prochaine fois, nous n'avons pas le temps aujourd'hui. Il faut qu'on reparte tout de suite.

Laura en sut gré à Didier qui avait compris dans son regard qu'elle préférait ne pas s'attarder.

Ils s'en retournèrent après de longues accolades avec Monie. Laura commençait déjà à s'attacher à la petite fille.

Didier s'arrêta en cours de route, sur un parking désert de supermarché. Il se mit naturellement à l'embrasser et lui murmura dans l'oreille *« reste comme tu es Laura, ne change rien »*. Il lui caressa les cheveux. Elle adorait ça.

Laura se dégagea quelque peu et, timidement, dit à Didier :
— Tu sais Didier… Je ne suis pas tellement préparée à sortir avec un homme actuellement… Je me suis beaucoup

laissée aller ces derniers temps… Et je ne ressemble plus à rien…

Didier fit taire Laura.

— Chut chut ! Ecoute Laura, je te mets à l'aise, tu n'as aucun complexe à avoir avec moi…

— Mais tu as connu des nanas super bien foutues et moi… moi je…

— Moi je quoi ! Moi aussi, je pourrais te dire la même chose, arrête de te sous-estimer comme ça, moi je te trouve belle, tu me plais telle que tu es et puis c'est tout ! Tu crois que j'ai pas peur moi aussi, tu es tellement intelligente Laura et moi je me trouve si con !

Ils se mirent à rire en même temps.

Didier venait de marquer un point. *Il va bien s'entendre avec Marie-Ange ! Ils s'expriment pareil !* pensa Laura.

— Je veux tout connaître de toi Laura, raconte-moi ta vie, je veux tout savoir !

Didier s'enflamma. Laura ne savait pas par quoi commencer.

Didier sortit de la voiture, fit sortir Laura. Il la plaqua contre la portière et l'embrassa longuement. C'était – plus – mieux que dans la voiture ! Laura se sentit partir sur une autre planète. Elle réalisa, à sa plus grande joie, qu'elle était encore une femme ! Elle l'avait oublié ! Frisson garanti avec The Didi !

Il commençait à pleuvoir. Laura leva la tête et aperçut un magnifique arc-en-ciel dans le soleil couchant. Elle n'en avait jamais vu d'aussi beau ! Didier non plus !

Ils remontèrent à regret dans la voiture. Didier redémarra. Pendant le trajet, il prit silencieusement la main de Laura et la posa sur sa cuisse et il posa sa main sur la sienne, après avoir enclenché un C.D. d'Eros Ramazzotti (le chanteur italien préféré de Laura).

Arrivés à CERGY-PONTOISE, ils ne s'éternisèrent pas dans les au revoir. Jérémy arrivait en même temps que sa mère. Elle fit les présentations, mais son fils n'avait d'yeux que pour l'Audi TT même si Laura savait qu'il préférait l'Audi A 3 !

Jérémy était grand, lui, et il pourrait comprendre que Didier embrasse Laura sur la bouche, brièvement certes. Oui, Jérémy comprenait !

La soirée chez les DOUCE/WILLIS fut très animée. Jérémy voulait tout savoir lui aussi. Depuis que Laura avait dit à son fils qu'un homme appelé The Didi lui envoyait des roses tous les jours, il avait déjà compris qu'un événement prodigieux allait bientôt arriver.

10. « Il faut battre le fer quand il est chaud »

Laura entamait une nouvelle semaine de travail. Sa patronne était partie dans les Iles Maldives. Grand bien lui fasse ! Elle aurait bien voulu aussi que ses collègues soient parties en vacances ! Mais la situation s'étant débloquée, Laura put tenir de façon plus naturelle une conversation avec elles, sans toutefois raconter sa vie dans les détails en leur recommandant cette fois-ci une discrétion totale ! Elle n'avait pas envie que cela remonte aux oreilles de Maître SCIENCE-INFUSE, comme la dernière fois avec Michel ! Dès qu'elle faisait le moindre faux pas, elle ne la ratait pas et lui disait sur un ton très caustique :

— Mais enfin, Laura vous êtes amoureuse ou quoi !

Comme si c'était quelque chose qui lui était interdit !

Elle devait voir Virginie ce lundi. Ses patrons ont finalement accepté de négocier un protocole d'accord plutôt que d'aller devant les Prud'Hommes, ben voyons !

Elles se retrouvèrent à 13 heures chez leur chinois habituel, à la table n° 10. Virginie avait retrouvé le sourire et sa forme légendaire. Elle expliqua à Laura que Maître « BONNE JUSTICE » avait envoyé un courrier RAR à ses patrons en leur indiquant qu'ils avaient trois possibilités :

— soit, réintégrer Virginie, tenir compte de ses revendications et y faire droit,

— soit, elle engageait une procédure devant le Conseil de Prud'hommes pour licenciement abusif et vexatoire…

— soit, ils acceptaient de signer un protocole d'accord en cours de licenciement.

A l'unanimité, ils optèrent pour la troisième solution. Ce jour là, un des Maîtres de Virginie déversa tout son venin sur elle. Elle le sentit même prêt à la frapper. C'est ce que lui confirma également sa collègue de bureau. Il l'avait chassée du Cabinet, en plein milieu de l'après-midi, lorsqu'il avait eu connaissance de la lettre. Virginie s'est retrouvée à 16 heures chez elle sans savoir comment. Elle eut la bonne idée d'appeler son médecin de famille qui lui prescrit un mois d'arrêt maladie.

— Attends, tu es là avec moi, mais tu ne vas pas avoir de problèmes avec la Sécu, tu dois avoir des heures de sortie à respecter ?

— Ils sont passés me voir hier ! Ils ne vont quand même pas passer me voir tous les jours ! C'est pas le genre de la boîte !

— Et comment ça va alors ?

— Ben, tu sais, mon médecin m'a quand même donné un traitement, ça va mieux, je suis beaucoup moins nerveuse et je réalise maintenant que j'ai frôlé la dépression nerveuse.

Laura savait ce que ce mot voulait dire et elle félicita sa copine d'avoir eu le courage de se prendre en main au bon moment.

— Et ce protocole, tu le signes quand ?

— Maître « BONNE JUSTICE » est en train de négocier dur dur. Elle me le fera signer dès que ça tiendra la route.

— Génial ! Tu vois, tout finit par s'arranger ! Et tu pourras même changer de tailleur et t'en offrir de toutes les couleurs !

Elles rirent toutes les deux de bon cœur. Monsieur « ZEN » aussi.

— Oui, grâce à toi Laura. Je ne sais comment te remercier pour ton soutien.

— C'est rien, t'inquiète pas pour ça ! En tout cas, moi je crois qu'il faudrait monter une association pour aider toutes les personnes qui rencontrent de graves problèmes dans leur travail. Dans notre milieu, on peut vraiment dire qu'on est comme les cordonniers, c'est à dire les plus mal chaussés ! On a tendance à croire qu'en travaillant pour des Avocats, on ne peut pas être mieux placé et mieux défendu et qu'en tout cas, on ne peut pas être lésé par ceux qui font respecter la loi ! Vérité de « The Palice » oblige ! Tu parles, ils jonglent avec le Code du Travail et ils ont l'art et la manière de t'embobiner et de contourner les lois !

Laura se rapprocha de son amie en baissant d'un ton, comme si elle allait à présent lui révéler un grand secret.

— Tu sais, les filles n'osent pas revendiquer leurs droits et encore moins faire de procès contre leurs patrons. Elles ne font pas non plus la démarche d'aller vers un Syndicat. Elles se sentent coincées et totalement impuissantes et je me demande si l'idée de créer une association ne serait pas la bienvenue ! Il faut rompre cet isolement et arrêter de vivre en autarcie, c'est à dire repliées sur nous-mêmes. Il faudrait faire connaître notre projet et que les filles sachent qu'il existe une association qui va pouvoir les aider et qu'elles peuvent compter sur une action efficace. On les dirigera, selon le cas, soit vers un Syndicat soit vers un Avocat, Maître BONNE JUSTICE en l'occurrence. Qu'est-ce que tu en penses ?

Virginie l'avait écoutée, subjuguée. Elle réalisa en cet instant précis que Laura avait le don de galvaniser les esprits.

— Que du bien Laura, que du bien ! Et je veux t'aider. Je pourrais parler à mes collègues.

— C'est ça, il faut que ça fasse boule de neige. Ecoute, on laisse passer les fêtes de fin d'année et on fait le point l'année prochaine, tu veux bien ?

— OK, pas de problèmes pour moi, tu peux compter sur moi, et je peux même te dire que si mon protocole rapporte suffisamment, je reverserai 10 % à l'association.

— Jure ta mère ! tenta de dire Laura sur un ton plus ou moins cérémonieux.

— Ma parole ! Croix de bois, croix de fer, si je mens je vais en enfer ! Et ça rime et ça jure avec ta mère !

Elles étaient surtout mortes de rire. Monsieur ZEN aussi. (bis repetita)

Laura changea complètement de sujet et demanda à Virginie si elle allait toujours à la gym. Sa copine lui avait répondu oui mais elle avait changé de salle. Elle fréquentait à présent un club où chaque nouvelle personne était prise en charge dès son arrivée par une équipe de médecins du sport. Virginie suivait ainsi un programme sportif personnalisé. Bien sûr, Laura était intéressée au plus haut point. Sa copine lui indiquait qu'elle payait un peu plus cher mais que ça valait le coup, parce qu'elle pouvait y aller également le samedi. Intéressant !

Laura demanda si elle pouvait s'y rendre avec elle. Cela représentait certes une charge financière importante pour Laura. Mais elle en avait discuté avec Jérémy (son petit homme) qui s'était proposé de participer à la dépense. Maintenant qu'il travaillait à la radio tous les vendredis soirs !...

Elles se donnèrent rendez-vous devant l'entrée du Club samedi à 10 H. Bien Laura ! Une fois par semaine, c'est déjà mieux que rien ! Elle ferait peut-être l'effort d'y aller entre midi et deux par la suite, au cas où elle y prendrait goût. Le Club se trouvait sous l'arche de La Défense et le trajet était rapide en RER ! Elle terminait à 13 heures et reprenait à 15 heures. C'était jouable !

Elle reprit le boulot ce jour avec un moral d'acier et une bonne humeur qui l'animèrent toute la semaine. Didier n'y était pas étranger. Il l'appelait tous les soirs après son feuilleton (Madame est servie) et pendant la journée, il lui envoyait de nombreux textos, sans compter de nombreux e-mails via Internet ! Laura était comblée.

Est-ce que cela allait durer ? Mon Dieu, oui, elle le méritait. Un jour, une vieille dame dans l'église de SAINT GERMAIN EN LAYE, qu'elle ne connaissait ni d'Adam ni d'Eve, s'était approchée d'elle et lui avait dit :

— Demandez ce que vous voulez et vous l'aurez !

Puis la veille dame disparut aussi vite qu'elle était venue.

Laura décida qu'il était temps de présenter une requête au Bon Dieu ! S'il voulait bien s'occuper d'elle ! Suffisait de ne pas se tromper sur le fond et citer les bons articles du Code Biblique ! Mais Dieu voulut encore vérifier quelque chose avant de lui accorder sa grâce !

11. « Il faut que jeunesse se passe »

Marie-Ange appela son amie. Cette fois-ci, c'était au tour de Bruno. Le destin avait décidé qu'elle finirait l'année 2000 en pleurant. Son frère cadet venait d'être arrêté par les flics et mis en garde à vue. Ce fut un choc pour Laura qui ne pensait jamais vivre d'aussi près une telle situation. En principe, cela n'arrivait qu'aux autres et qu'aux clients de Maître SCIENCE-INFUSE !

Marie-Ange lui annonça cette nouvelle, un samedi après-midi, alors qu'elle faisait, à titre exceptionnel, des heures supplémentaires chez un bon Maître. Son premier réflexe fut de prévenir immédiatement l'avocat en question qui se rendit aussitôt dans les locaux de Police, passé le délai légal… c'est à dire en pleine nuit… Laura rassura son amie en lui indiquant que son frère aurait affaire à un ténor du Barreau. Mais Marie-Ange était loin de se sentir apaisée. Elle adorait son petit frère et elle ne pouvait pas imaginer qu'il puisse rester un seul jour en prison. Il ne le supporterait pas. Elle non plus ! Elle avait déjà du mal à réaliser que son frère puisse être arrêté. Bruno lui avait dit brièvement par téléphone, quand les flics l'avaient « autorisé » à téléphoner, que c'était pour une question de vol d'ordinateurs, sans plus ! Marie-Ange savait que son frère était passionné par l'informatique, mais de là à ce qu'il soit mêlé à un trafic, c'était carrément impensable ! Et pourtant !…

Laura appela Jean-Jacques. Il devait être au courant et pouvait l'aider ! Mais il lui rappela qu'il était affecté à la

Criminelle et qu'il ne pouvait ni intervenir directement ni « intercéder » en la faveur de Bruno. Il ne s'agissait pas là de contraventions du Code de la Route !

Les deux amies passèrent donc 3 jours d'angoisse totale, entre samedi et lundi, jusqu'à ce que l'excellent Maître de Laura obtienne une comparution immédiate et sauve in extrémis Bruno de la détention provisoire en attendant le procès qui aurait lieu en janvier 2001. Son frère fut donc soumis à un strict contrôle judiciaire. Mais le bon Maître, par expérience, rassura Laura : si Bruno n'avait pas été placé en détention provisoire, on pouvait espérer qu'il n'aille pas en prison mais au pire, vu les faits et délits reprochés, qu'il soit condamné à quelques mois de prison avec sursis. Malgré tout, c'était un choc, dur à encaisser. Comme la brusque opération de Robin. Marie-Ange estimait qu'elle avait fait le plein de « nouvelles » inédites cette année ! Sa tension nerveuse était à bloc. Encore un événement malheureux et elle en tuerait deux ou trois ! Surtout quand elle apprit de quelle façon toutes les opérations de police s'étaient déroulées ! Où donc était passé le Dieu de la Miséricorde et de la Clémence !

Sur ce point, Laura reprit contact avec Jean-Jacques, qui ne sembla pas du tout étonné par ces pratiques. Bien sûr, il les connaissait !

Ils arrivent, sirènes hurlantes, à quatre ou cinq voitures, peu importe le délit, il s'agit de faire impression et de se la jouer à la « Starky et Hutch ». Ils ameutent bien sûr tout le quartier, tout l'immeuble, histoire d'être bien vus ! Ils cognent à la porte très fort en disant bien fort *POLICE OUVREZ* ! Ils mettent sens dessus dessous l'appartement, démontent tout, jettent tout par terre, histoire de chercher l'arme du crime ! Ils prennent au passage ce qui les intéresse, une console de jeux par exemple *(« je prends ça pour mes enfants »),* puis ils emmènent le présumé innocent, menottes aux poings ! En sortant de l'immeuble, tout le monde voit la scène, les voisins, les copains !

Arrivés à l'hôtel de Police, après avoir été interrogé et traqué sur tous les détails de l'affaire par X, Y et Z, le présumé innocent craque, tremble, pleure ! On l'enferme dans une cellule avec d'autres prisonniers... On lui dit que s'il veut boire et manger, il doit payer ! Il passe la nuit là... toute une journée et encore une nuit, et il se cogne la tête contre le mur, comme dans la chanson de Balavoine *« les yeux remplis d'effroi, l'homme aux vœux purs souffre et endure les coups sourds de la loi... ».*

Le jour J, dès l'aube, il est de nouveau interrogé, traqué, blessé, humilié, puis emmené menottes aux poings dans un fourgon de police qui va le conduire dans les geôles du Tribunal en attendant de passer devant Monsieur le Procureur de la République.

Entre-temps, les flics auront gardé son argent (dont il ne reverra pas la couleur), sa voiture (qu'il retrouvera pillée...) et ses papiers (rien à cirer). Ils rendront par la suite le matériel volé aux victimes (normal) mais ils ne rendront surtout pas au « voleur » le matériel détenu légalement chez le présumé innocent. Qui vole qui ?

Quand il reviendra, penaud, chercher ses affaires, on lui dira qu'il s'estime encore heureux de ne pas être allé en prison !

Après la garde à vue, la prison doit être un paradis ! (relatif !)

Ils n'ont pas compris qu'ils n'avaient pas affaire à un jeune de la rue un peu perdu, mais à un futur ingénieur en informatique, prêt à tout, malheureusement, pour se payer une école privée à 30.000 Francs l'année ! (Les banques n'ont pas toujours « le pouvoir de dire oui » aux demandes de crédit étudiant !).

« L'Etat préfère payer les galériens ! Qu'ils donnent plutôt de l'argent aux jeunes qui veulent étudier et qui se soucient de leur avenir ! » C'était la plaidoirie – très risquée – du Maître « QUI TENTE TOUT ». Dieu merci, le Procureur ne fut pas trop sévère. Il aimait les étudiants, sans doute !

Laura sentit Didier très affligé par cet événement. Du coup, ils ne s'étaient pas vus pendant le week-end. C'est vrai que cette histoire n'arrivait pas au bon moment entre eux. Aussi Laura s'excusa de ne pas avoir une conversation plus amoureuse avec lui. Mais Didier la rassura et lui dit simplement qu'il comprenait la situation et lui demanda ce qu'il pouvait bien faire pour elle.

Il n'y avait malheureusement rien à faire pour l'instant. Il fallait attendre que les choses se tassent un peu. Bruno était traumatisé. Sa sœur aussi. Ils attendaient à présent le procès en janvier. Marie-Ange lui avait fait promettre de ne plus fréquenter certaines personnes. Elle lui donnerait l'argent nécessaire pour sa formation, sans qu'il soit mêlé de près ou de loin à un quelconque trafic.

Quant aux honoraires de l'avocat, le bon Maître de Laura accepta de travailler ad honores, suivant les règles déontologiques de la profession. Les avocats ne faisaient pas payer leurs secrétaires lorsque celles-ci leur confiaient, à titre personnel, des « affaires de famille ». C'est un avantage dont les Maîtres ne parlaient pas souvent ! Laura ne connaissait que le 13ème mois et très prochainement une prime d'ancienneté de 3 % correspondant à trois années d'ancienneté dans le même Cabinet (alors qu'elle travaillait chez les avocats depuis plus de 10 ans ! Il aurait fallu qu'elle ne change jamais de Cabinet pour obtenir plus de 10 % ! Encore un sujet à débattre au niveau de la Convention Collective !...).

En tout état de cause, Laura finit par admettre que les Avocats étaient indispensables pour défendre la cause de tous les présumés innocents. Il valait donc mieux préserver la race ! En tout cas, Laura préserverait le Maître QUI TENTE TOUT. Elle se dit qu'il fallait qu'elle dresse une liste des B.A. (Bons Avocats), de ceux et celles qui ont du gris dans les yeux !

Suite à cet événement qui l'affecta profondément, Laura s'imposa un temps de repos et quitta la capitale. Elle partit se recueillir quelques jours en l'abbaye de SAINT-MAXIMIN LA SAINTE BAUME. Elle avait besoin de se ressourcer.

12. « Les grandes douleurs sont muettes »

Didier voulut la voir absolument mercredi soir. Il prit la place de Marie-Ange. Celle-ci avait accepté – sans problèmes – de rencontrer Laura le lendemain. Il était venu la chercher à la sortie du bureau. Bien sûr, toutes les collègues ont vu le monsieur qui attendait en bas de l'immeuble avec des roses rouges (elle ne put éviter les commentaires le lendemain).

Elle ne l'avait pas vu depuis plus d'une semaine. Toujours aussi Prince charmant ! Laura prit l'initiative de mettre les mains à son cou et de se blottir dans ses bras un long moment. Didier lui caressa les cheveux puis ils s'embrassèrent enfin, ignorant les gens qui passaient et repassaient. Puis elle réalisa soudain qu'il était préférable qu'ils déguerpissent rapidement du hall d'entrée pour ne pas tomber sur la « guestapiste » !

Elle remercia The Didi pour les jolies roses en lui demandant l'adresse de son fleuriste, car premièrement elles avaient un parfum exquis et deuxièmement, elle devait communiquer les coordonnées du fleuriste à son bon Maître.

Didier l'entraîna joyeusement dans un bistrot parisien qu'il connaissait bien.

— On va être bien ici Laura, je connais le patron, c'est un pote à moi. Je le connais depuis l'armée, c'est lui d'ailleurs qui m'a surnommé The Didi !

— Et pourquoi au fait ?

— Oh, c'est à la suite d'un concours de danse que j'ai gagné, cela remonte loin, j'avais 18 ans ; c'est lui qui animait la soirée dans une boîte et qui avait organisé le concours. Je sais pas pourquoi, tout à fait spontanément, il m'a présenté comme étant The Didi et depuis, tous mes copains m'appellent comme ça.

Laura lui sourit. Il lui caressa la joue et lui donna un baiser rapide avant d'entrer à l'intérieur du bistrot. Grandes effusions à l'italienne avec son ami Carlo. Il les installa à sa meilleure table.

— Laura, je veux passer la soirée avec toi. Je ne travaille pas ce soir. C'est J.J. qui garde la baraque. On va dîner ici, si tu veux bien, j'ai envie de te dire plein de choses, ensuite je te raccompagnerai à CERGY, tu es d'accord ? dit-il très posément.

— OK, ça me va ! dit-elle brièvement.

Laura était décidée à faire tout ce qu'il désirait. Assis en face d'elle, son regard la fascinait. Ses yeux parlaient. Elle le contemplait. Il avait fière allure, une aisance particulière, une aura indéfinissable. Il se tenait droit sur sa chaise, il avait joint ses mains sous son menton. Il était calme et souriant. Il dévisageait Laura.

Elle engagea la conversation en demandant des nouvelles de sa fille et s'il avait enfin trouvé quelqu'un pour remplacer Agnès. C'est tout ce qu'elle savait de lui, qu'il avait une petite fille adorable de 8 ans et qu'il était le patron d'un club unique en France !

— Monie va bien, je ne pourrai pas la récupérer ce week-end, ça m'embête un peu. Il soupira. Mais j'ai la JET SET qui débarque au Barachois samedi soir pour un anniversaire un peu particulier, les 20 ans de carrière d'un grand couturier, et il faut que je sois à pied d'œuvre dès le samedi matin.

Laura était impressionnée. Elle avait l'habitude elle-même d'organiser des petites fêtes dans son association, mais à côté d'une fête de la JET SET, elle se sentait plutôt ridicule.

— La JET SET ! Tu sais Didier, j'ai vraiment l'impression que nous évoluons dans deux mondes tout à fait différents... dit-elle timidement.

— Non, je ne crois pas, je fais ce que tu fais toi-même, mais toi tu le fais à plus petite échelle, mais les gens se ressemblent, ils ont les mêmes besoins et les mêmes envies, il n'y a que le contexte de la fête qui change et qui transforme les gens, mais cela ne dure qu'une soirée.

— Tu as peut-être raison mais moi je pense que pour que les gens arrivent à faire des choses ensemble, ils doivent être du même niveau, sinon il arrive un moment où il y a un décalage trop important et les gens ne se comprennent pas...

— Tu mélanges tout Laura ! Pour la fête, les gens n'ont pas besoin de se comprendre, les gens ont besoin de s'amuser, un point c'est tout !

— Ce n'est pas là où je veux en venir mais...

— Oui, je vois où tu veux en venir mais il faut que tu arrives à faire la séparation entre les choses. Ce n'est pas parce que je fréquente des gens importants ou célèbres que je suis forcément comme eux. Ce que je fais au Club, c'est le boulot, mais dans ma vie privée, je suis comme toi et au même stade que toi.

— Comment tu peux en être sûr, qu'est-ce que tu sais vraiment de moi ?

— Je sais que tu fais des choses extraordinaires, des choses qui me conviennent... et ça me suffit.

Laura fronça les sourcils avec un air interrogateur mais Didier poursuivit.

— Jean-Jacques m'a dit que tu voulais organiser une conférence sur le thème de la prison et je dois te dire que… Didier hésita.

— Quoi, dis-moi !

Carlo arrivait avec les apéritifs et la carte. Il fit de larges sourires en tournant autour de Laura puis elle le vit faire un clin d'œil à son ami. Elle eut le sentiment de s'être fait mater. Elle n'aimait pas trop cela. Mais Didier, apercevant son air agacé, lui dit qu'elle n'avait pas à le prendre mal, car en principe Carlo ne faisait jamais de sourires à ses petites amies.

Laura comprit enfin que The Didi avait des airs de macho, voire de « parrain » italien. Elle se tordit les lèvres pour ne pas parler. (« *Il doit croire que la partie est gagnée avec moi, mais il ne me connaît pas encore* », pensa t-elle). Didier leva son verre et trinqua avec elle, mais Laura baissa la tête.

— Ecoute Laura, excuse-moi, mais Carlo n'a pas l'habitude de voir des filles dans ton genre ici…

— Ah oui ! et c'est quoi mon genre ? ! dit-elle en le regardant très gravement.

Didier avait déjà vu cette expression sur le visage de Laura, le jour où elle était venue avec Marie-Ange au Barachois… et qu'il avait eu cette discussion avec elle au sujet de Jean-Jacques. Il pensa immédiatement qu'elle serait capable de le planter là, en plus devant son copain. Il calma le jeu.

— Ecoute Laura, je n'avais pas l'intention de te froisser. On est là pour passer une super soirée. Je suis tellement content d'être là avec toi. Il lui prit la main, la caressa.

Et Laura fit une réponse qui déconcerta quelque peu Didier.

— OK mec ! mais je veux quand même savoir dans quelle catégorie de nanas tu me classes ?

Il sourit, gauchement. Laura avait marqué un point.

— Genre « fille bien » !

Et Laura se mit à rire joyeusement. Si ce n'était que ça !

Didier pensa que cette fille avait vraiment du caractère et qu'elle n'avait rien à voir avec les « pétasses » qu'il avait l'habitude de fréquenter. C'est clair, il tomberait amoureux de Laura, il était en train de le réaliser à la minute même.

Carlo revint gaiement à leur table pour prendre leur commande. The Didi parla avec Carlo en Italien. Laura qui se débrouillait pas mal en italien ne comprit pas un seul mot (les vrais italiens parlent très vite). Mais elle remarqua que Carlo n'eut plus aucun geste « déplacé » envers Laura.

— Alors, qu'est-ce que tu voulais me dire tout à l'heure au sujet de mon projet de conférence ?

— On en reparlera tout à l'heure si cela ne te dérange pas. Je voudrais d'abord que tu me parles de toi, de ta vie, de ton fils.

— Oh moi tu sais, ma vie en ce moment part un peu en biberine… excuse-moi mais j'ai pas envie d'en parler ce soir… C'est toi tout à l'heure qui m'as dit que tu avais plein de choses à me raconter… La parole est à la défense !

The Didi secoua la tête en souriant.

— Tu es incroyable ! Soit, ce soir c'est moi, mais la prochaine fois c'est toi, promets-le moi !

— Promis !

— C'est con ce que je vais te dire, mais tu ne peux pas savoir à quel point je suis content de te connaître, tu sais depuis la mort de ma femme, je suis resté longtemps seul, moi aussi je me suis laissé aller… dans la boisson… puis je suis sorti avec pas mal de filles… mais je n'ai pas réussi à retrouver mon équilibre… en plus, avec Monie, cela a été très dur (il se pinça les lèvres)…

Laura l'écoutait, sans sourciller. Didier poursuivit, un peu troublé.

— Tu sais Laura, je ne suis pas un enfant de cœur… J'ai passé cinq ans de ma vie en prison… quand j'avais 25 ans… pour une connerie !

Laura commençait à comprendre d'où lui venait cet air de « voyou » ! Mais elle ne fut pas choquée outre mesure de la chose, comme semblait le craindre Didier. Elle avait l'habitude d'en voir de « gros » chez les Avocats ! Ils étaient d'ailleurs toujours très polis avec Laura.

— Quand Jean-Jacques m'a dit que tu voulais monter cette conférence avec lui, tu ne peux pas savoir combien ça m'a touché… Il n'y a pas beaucoup de gens qui s'intéressent comme ça aux autres et qui prennent des risques, tu as beaucoup de cran et je dois t'avouer que tu m'épates ! personne n'avait réussi encore à m'épater depuis Vic… Victoria, excuse-moi, c'était ma femme.

Laura voulut crever l'abcès.

— Elle est morte de quoi ta femme ?

— D'un cancer. Elle avait 35 ans. C'est injuste ! C'était une fille formidable. Une artiste-peintre… C'est elle qui m'a remis sur le droit chemin à ma sortie de prison…

« La femme est l'avenir de l'homme », sans conteste, pensa Laura.

— Elle avait un talent fou. C'est elle qui a fait toute la décoration du Barachois !

— Les tableaux sur le mur, c'est elle ?

— Oui !

— Waouh ! Et les fresques murales ?

— C'est elle !

Laura se demanda alors pourquoi Dieu l'avait enlevé si tôt à Didier. Elle qui croyait pourtant à la loi du Karma ne comprenait pas, là, les intentions du Seigneur tout puissant !... Quelle était la leçon ? *« La muraille tremble et se fend comme un cœur qui éclate en deux et la femme entre dans l'histoire comme arrive l'œuvre de Dieu* ***; l'homme naît sans mémoire*** (!?)*, reconnaît l'Eve qu'il veut, brise l'avenir et nous fait monter aux yeux les sanglots, le péché leur fait chaud, Dieu que c'est beau, oh que c'est beau »* Balavoine.

— C'est grâce à elle, à son talent d'artiste, que nous avons pu mon frère et moi créer ce club... ses toiles ont rapporté beaucoup d'argent et continuent d'ailleurs à se vendre très cher !

Laura lui prit la main et lui dit tout simplement.

— Elle a dû venir sur terre pour réaliser ton rêve Didier, tu la retrouveras certainement dans l'au-delà !

Didier fut très touché par les paroles de Laura mais il ne put s'empêcher de lui dire :

— Et le rêve de Monie, tu ne crois pas que c'était de la garder !

Laura n'ajouta rien de plus, par décence.

Carlo revenait avec les plats commandés. Pizza forcément !

— Pour en revenir au Club, poursuivit plus calmement Didier, il risque d'y avoir de grands changements, c'est de ça dont je voulais te parler.

Laura fut toute ouïe en commençant à manger sa pizza napolitaine.

— Mon frère a pris un an de congé sans solde mais je me demande s'il ne va pas finir par rendre son insigne : il part avec Linda et les deux gosses à MAYOTTE !

— MAYOTTE ! Mais qu'est-ce qu'il va foutre là-bas ?

— Il veut créer un village club de vacances familiales… Tu sais, Jean-Jacques a traversé de sales moments… Je ne devrais peut-être pas te le dire parce que je ne sais pas s'il t'en a parlé…

— Oui, sa séparation avec Linda…

— Non, son séjour sur l'Ile BLEU BLANC ROUGE !

— Ah non, il ne m'en a pas parlé !

— Ecoute Laura, si je t'en parle, c'est parce que c'est grave !

— Vas-y raconte !

— Voilà, après sa séparation avec Linda en septembre de l'année dernière, il a voulu tout lâcher et partir sur une île déserte, enfin façon de parler ! Il a demandé sa mutation sur l'Ile « B.B.R. ». Il l'a obtenue rapidement. Personne ne veut aller là-bas !

— Et alors ?

— Eh bien, ça s'est très mal passé ! Tu parles des flics ici, mais là-bas c'est le summum de l'horreur, il n'a pas supporté… et six mois après, il est revenu dare-dare au bercail…

Didier hésita. Mais Laura s'impatienta.

— Quoi ? Qu'est-ce qu'il y a ? Dis-moi tout ! Je veux savoir ! Qu'est-ce qui s'est passé ? Laura sentait monter en elle des pulsions qu'elle avait du mal à contrôler.

— Je ne sais pas Laura si c'est le bon moment de te raconter ces choses là. Avec l'histoire de Bruno, je ne veux pas que tu...

— C'est trop tard Didier, tu en as déjà trop dit, je veux connaître la suite.

— Bon... pour te donner un ordre d'idée, je te raconte ce qui m'a le plus marqué... Tout d'abord, il avait reçu l'ordre d'arrêter au moins 15 personnes par jour – pour avoir la paix – sinon on lui payait illico presto le billet de retour en métropole... le fameux « vol bleu » !

Devant l'air ahuri de Laura, Didier s'expliqua.

— C'est le vol offert à ceux qui n'ont pas compris que là-bas le lagon ne doit pas faire de vagues !...

Laura commençait à halluciner, mais elle encouragea Didier à poursuivre.

— C'est dur de te raconter tout ça... il a vu tellement de choses horribles... ici, les prisonniers se plaignent de leurs conditions de détention, mais crois-moi, ça n'a rien à voir avec ce qui se passe là-bas ! Le pire, c'est le comportement des agents locaux avec les clandestins ! Ils s'emmerdent... faut bien qu'ils s'occupent et qu'ils s'amusent ! D'après toi, qu'est-ce qui pouvait le plus les exciter, ces cons ! ?

— Je sais pas Didi, j'ai beaucoup de mal à imaginer ce genre de choses...

— Eh bien, figure-toi qu'ils les mettaient à genou au sol, les mains dans le dos, et ils leur donnaient des coups de matraque, jusqu'à ce qu'ils tombent et jusqu'à ce qu'ils saignent ! Quand J.J. a voulu intervenir, lors de ces « auditions » qui ressemblaient plus à des scènes de violence... on lui a dit tout simplement qu'ils ne faisaient que répéter l'exemple donné par les métropolitains… et qu'ils agissaient suivant les ordres reçus !

— Mon Dieu Didi, mais je le crois pas… mais comment les Autorités françaises, à notre époque, peuvent autoriser un tel… massacre ? Ils sont au courant au moins de ce qui se passe sur l'île ?

— Ah, pour ça, ils sont au parfum crois-moi ! Y a de quoi monter une industrie et créer un parfum exclusif B.B.R. ! L'île aux parfums ou l'île de la quintessence ! Qu'est-ce que t'en penses ?

Laura leva les yeux au ciel et soupira longuement. Didier reprit plus sérieusement.

— Non, je déconne… tu sais, le problème ne se pose pas dans ces termes. En fait, les agents locaux sont constamment qualifiés de bons à rien et d'incompétents, parce qu'on leur refuse la transmission du savoir. Ils procèdent à des rafles, se livrent non seulement à des arrestations arbitraires, mais aussi à des violences extrêmes, des règlements de comptes… sans jamais le moindre encadrement lors de ces opérations quotidiennes… Il est là, le problème ! J.J. les a souvent accompagnés dans leur mission. Il a d'ailleurs été raillé par ceux qui considéraient cette tâche comme étant inutile… Et pourtant, les jeunes agents étaient heureux d'être dirigés et sensibilisés aux règles d'interpellation. Quant à la question de savoir si les autorités françaises sont au courant, je pense plutôt qu'ils ferment les yeux et qu'ils font la sourde oreille ! C'est si loin l'Ile B.B.R. ! Et puis, il n'y a que des sauvages là-bas !

— Décidément, dès qu'un homme porte un costume, surtout quand c'est un homme « blanc », que ce soit une robe d'avocat, une blouse de chirurgien ou l'uniforme d'un officier de police, on dirait qu'il jouit d'une prérogative spéciale ! La règle d'or ou le mot de passe, c'est sans doute de ne jamais partager la connaissance ! Et voilà, comment on crée les discriminations sociales et raciales et comment on creuse le fossé entre les dominants et les dominés !

Laura en avait déjà suffisamment entendu, mais Didier avait besoin de vider son sac et poursuivit.

— Tu sais, j'admire énormément mon frère, pour moi, c'est un héros ! Son métier, c'est de protéger les gens et de faire respecter l'ordre public, mais là-bas, c'est l'état de guerre ! L'ennemi, c'est le clandestin ! Il ne doit surtout pas pénétrer sur l'île, et pour l'en empêcher, tous les moyens sont bons ! Tu veux que je te raconte comment il a sauvé la vie à des gens en risquant lui-même de mourir ?

— Je sens que cela va être très pénible... mais il faut que je le sache !

— Bon voilà... J.J. effectuait souvent des patrouilles nautiques. Un jour, on l'envoya dans une zone inconnue, qualifiée de dangereuse, en mission de police, de nuit, à deux, sans couverture radio, pour interpeller des clandestins. Tu peux imaginer dans quel état pouvait se trouver mon frère... Il fallait être inconscient pour ordonner une telle mission et surtout peu respectueux de la vie d'autrui.

— Je comprends pas Didi ! Comment sa hiérarchie a t-elle pu l'exposer à un tel danger ? C'est comme si on l'envoyait à la mort !

— Je ne te le fais pas dire ! Mon pauvre frère a vécu un véritable calvaire en mer. Figure-toi qu'en pleine nuit, une barque de clandestins leur a foncé dessus ! Est-ce que tu peux imaginer 29 personnes à la mer, dont 4 enfants, le plus jeune âgé de 3 mois ! A deux, ils ont sauvé tout le monde, et dans son rapport, cet enfoiré de Chef de service, il n'y pas d'autre mot, a complètement minimisé leur action. Sans doute n'a t-il jamais cherché un corps dans la nuit à la lueur d'un projecteur ou entendu ces cris de femmes qui vous accrochent du regard pour ne pas sombrer avec leurs enfants… et je te raconte pas les conditions de détention et le transport des personnes expulsées…

— Si, continue… dit Laura complètement hébétée.

Et Didier enchaîna avec l'horreur.

— Ils entassaient, debout, hommes, femmes, enfants dans des véhicules, si on peut appeler ça véhicules, 25 voire 30 personnes, dans des conditions déplorables, sous une chaleur avoisinant les 40 degrés, au mépris de la sécurité des personnes transportées mais aussi de l'escorte…

— Arrête Didi, arrête ! J'ai l'impression de revoir un film que j'ai déjà vu sur la dernière guerre mondiale… avec le massacre des juifs… et plus récemment, l'épuration ethnique en Afrique… les guerres de religion ! ça ne s'arrêtera donc jamais ! Franchement, je me demande à quoi ça sert d'aller commémorer les tombes des morts et dire « plus jamais ça » si c'est pour recommencer à chaque fois !

Puis Didier justifia la position de son frère.

— Tu sais, mon frère s'est opposé et même interposé à maintes reprises contre toutes ces pratiques qui vont à l'encontre des Droits de l'Homme… Et pour avoir suivi scrupuleusement les règles imposées par sa Déontologie, il s'est transformé en Renégat : il a dit NON aux insultes racistes, aux violences, aux accusations calomnieuses…

Laura en eut le souffle coupé. Elle n'avait plus faim. Didier, conscient du choc qu'il provoquait en Laura, ramena la conversation au point de départ.

— Voilà, tout ça pour te dire que je vais devoir sans doute trouver un autre associé pour le Barachois.

— Eh bien pour des retrouvailles, on peut dire qu'elles sont plutôt moroses ! T'as encore beaucoup de choses à me dire comme ça, dit-elle d'un air dépité.

— Je suis désolée Laura, je ne voulais pas te perturber… Ecoute, on boit le café puis on s'en va, OK ?
— OK, répondit-elle complètement chamboulée par cette bien triste histoire.

Ils ne prononcèrent plus aucune parole pendant quelques instants, comme s'ils devaient respecter une minute de silence… sans doute pour laisser au temps le temps d'oublier…

Il se leva enfin, alla payer au comptoir, dit au revoir à son copain, revint vers elle, lui prit le bras, sans un mot, et l'entraîna au grand air. Il faisait très froid ce soir là. C'était bientôt l'hiver. Ils firent quand même quelques pas, bras dessus bras dessous, en scrutant le ciel et les étoiles. Ils parlèrent de tout et de rien et encore un peu de Jean-Jacques. Mais Didier la rassura en lui disant que son frère ne comptait pas en rester là. Il avait mis en branle-bas de combat toute sa hiérarchie et même l'Etat et les Médias. Il avait entamé un procès contre son Administration.

Décidément, il y avait encore du travail pour les Avocats et leurs secrétaires !… pensa Laura.

The Didi comme à son habitude la plaqua cette fois-ci contre une porte cochère et l'embrassa longuement, très longuement, voluptueusement. Elle ne pouvait pas encore faire l'amour avec lui, elle le lui dit très péniblement… Grand Seigneur, il n'insista pas. Mais dans la voiture, sur le parking des anges, entre PARIS et CERGY PONTOISE, histoire d'apaiser toutes les souffrances morales de son Didi… et de la terre entière, Laura lui proposa tout naturellement de faire ce qu'elle n'avait encore jamais fait avec un autre, même si le contexte n'était pas trop favorable aux jeux de l'amour et le lieu encore moins propice à ce genre de « prouesse »…

— Je peux te faire des choses si tu veux !

A sa grande surprise, The Didi lui fit un clin d'œil, genre « chiche ! », se laissa faire. Laura joua à la nana expérimentée, s'appliqua. Il fut ravi.

Waouh ! Comment une « fille bien » comme Laura pouvait-elle faire ça aussi bien qu'une « fille de joie » ! Il avait dû rater un épisode se dit-il.

The Didi avait enfin trouvé son équilibre ! En la quittant ce soir là, Didier savait qu'il épouserait cette fille là.

(Laura pouvait remercier sa copine – une fille de joie de STRASBOURG – qui lui avait dit un jour : « *Ma vieille, si tu veux garder un homme, il faut être à moitié pute, à moitié sainte et il faut lui faire des choses* ». Elle lui avait donné la recette, la fille de l'Est ! Cette fille avait du cran et surtout beaucoup de cœur, car elle donnait aussi de la joie aux handicapés physiques. Laura n'aurait jamais imaginé qu'une péripatéticienne prenne le temps de donner du plaisir à ces gens là. En tout cas, son voisin de palier, à l'époque, avait l'air très épanoui.)

13. « Il faut souffrir pour être BELLE »

C'était Jeudi soir, au tour de Marie-Ange. Laura rejoignit son amie chez son frère Bruno. Elle avait pris un jour de congé pour être avec son frère qu'elle considérait un peu trop livré à lui-même. Elle avait décidé d'être un peu plus derrière lui.

Bruno vivait seul depuis l'âge de 18 ans. Il avait fui le domicile familial dès sa majorité. Il ne s'entendait pas avec sa belle-mère. Son père s'était remarié avec une femme beaucoup plus jeune que lui et selon l'avis de Bruno complètement immature. Son père l'avait aidé dans les premiers temps, puis s'en était désintéressé petit à petit et sa mère n'intervenait plus depuis longtemps. Elle était également partie avec un autre Monsieur dans un autre pays... La famille BELLE s'était vraiment fait la belle ! De ce côté là, Marie-Ange et ses deux frères n'avaient pas été gâtés. Les deux plus grands avaient tout de même réussi à s'en sortir et à fonder une famille « normale ». Par contre, Bruno était loin d'être sorti d'affaire. Mais Marie-Ange ne laisserait pas tomber son petit frère.

Bruno était parti au cinéma pour laisser les filles entre elles. Marie-Ange avait fait la cuisine, légère, pour Laura. Après une courte discussion au sujet de Bruno – inutile de remuer le couteau dans la plaie – Marie-Ange parla plus longuement de son mari. Il se trouvait à présent en convalescence dans une clinique privée et en était maintenant au stade de la rééducation respiratoire. Tout allait pour le mieux sauf que Robin n'était pas prêt de revoler. Marie-

Ange était assez désespérée. Il n'y avait que ses filles actuellement qui lui apportaient un peu de joie. Le téléphone sonna à ce moment là. C'était Sandy qui demandait à sa mère à quelle heure elle rentrerait. Sandy était plus dépendante de sa mère que Sandra. Elle promit à sa fille d'être là vers 23 heures.

— Non, pas avant 11 heures Sandy, je raccompagne Laura vers 10 heures, puis je rentre… Oui, je viendrai te faire un bisou, OK !

Marie-Ange raccrocha en disant à Laura que ses filles étaient encore des gros bébés. *Ce n'était pas plus mal*, pensa Laura. Car pour elle, Jérémy avait grandi trop vite et elle accusait le temps de ne pas lui avoir donné plus de temps pour s'occuper et profiter pleinement de son enfant !

Marie-Ange lança le top départ de la vraie discussion entre filles.

— Alors, comment ça s'est passé hier avec ton amoureux ? dit-elle impatiente.

— Divin ! Les yeux de Laura brillaient enfin. On a beaucoup parlé… et je vais te dire tout de suite quelque chose qui va t'intéresser. Figure-toi que Jean-Jacques part s'installer en Janvier à MAYOTTE avec sa famille. Didier cherche un nouvel associé. Je crois, si j'ai bien compris, que Jean-Jacques veut vendre ses parts. Alors, j'ai tout de suite pensé à Robin…

Marie-Ange se mit à pleurer, à chaudes larmes. Laura ne comprit pas. Elle chercha par tous les moyens à la consoler. Mais rien à faire. Elle continuait à pleurer. Laura la prit dans ses bras, lui caressa les cheveux, et la laissa vider toutes les larmes de son corps.

Laura réalisa. C'était sans doute le contrecoup, de tout ! Quand c'est trop, c'est trop ! Il fallait que cela s'arrête à présent ! Elle ne pourrait pas en supporter davantage ! Violée à 12 ans par un membre de sa famille..., risque d'overdose grave à 15 ans, tentative de suicide à 18 ans, la grande galère jusqu'à 25 ans... mort subite de son premier enfant à la naissance, et tant d'autres problèmes... Rebelote à présent avec son mari, son petit frère, stop, stop ! Il faut changer de scénario Seigneur !

Marie-Ange s'excusa auprès de Laura.

— Je suis en train de gâcher ta joie, je suis désolée Laura.

— Non, tu ne gâches rien... Tu es la personne la plus importante dans ma vie après mon fils et ma mère. Tu sais, j'ai pas oublié ce que tu m'as dit un jour, quand j'étais triste parce que je n'étais plus du tout sûre de revoir Jean-Jacques... tu m'as dit quelque chose d'extraordinaire, que tu serais toi, toujours là pour moi, parce que tu le méritais plus que tous les Jean-Jacques de la terre !

— Oui, je me rappelle... dit-elle encore en sanglotant, mais là, il s'agit de Didier et c'est pas pareil !

— C'est pareil Marie, que ce soit Pierre, Paul, Jean-Jacques ou Didier, ce sont des mecs, qui peuvent me larguer du jour au lendemain, tandis que toi, Marie, j'ai compris, tu seras toujours là.

Marie-Ange sourit et dit à son amie sur un dernier sanglot :

— Eh oui, Laura, c'est ça le miracle de l'amitié et ce qu'il y a de merveilleux avec les amis, c'est qu'ils ne te jugent jamais, tandis que ta famille, ils sont toujours là à te pourrir la vie et à te salir... et parfois à t'abandonner.

Laura ne répondit pas à son amie sur ce sujet. Car elle avait, elle, la chance d'avoir une famille formidable, unie et soudée (elle pensait à ses parents, à ses frères et sœurs). Laura, sur ce plan là, pensait que tout était une question de loterie ou de Karma ! ! ! Sinon, comment l'expliquer ? Pourquoi certaines personnes ont TOUT, et d'autres RIEN ! Pourquoi existe t-il des filles aussi JOLIES et d'autres qui sont si LAIDES ! Laura avait déjà fait son choix concernant son éventuelle réincarnation. Elle demanderait à qui de droit de ressembler à Grâce KELLY dans une nouvelle vie, mais de ne pas mourir dans la gloire de l'âge !

Le portable de Laura sonna. C'était Didier. Il s'enquit rapidement des nouvelles de Laura. Ils discutèrent 10 minutes, ce qui permit à Marie-Ange de se remettre peu à peu de sa peine.

Elles reprirent leur conversation.

— Je viens de proposer à Didier de rencontrer Robin pour le Club, il est d'accord, dit joyeusement Laura.

— Génial, j'en reviens pas ! dit-elle tout émue.

— Tu vois, c'est quand il n'y a plus d'espoir qu'il faut encore y croire, combien de fois tu me l'as dit !

Marie-Ange se transforma en Jean qui pleure, Jean qui rit. Laura aussi.

— Tu sais, ça tombe vraiment bien, parce que si ça marche, je voudrais moi-même quitter l'hôpital et m'installer à mon compte en tant qu'infirmière libérale.

— Super ! Génial !

— Et j'aurais besoin de quelqu'un pour tout le côté administratif… qui me gonfle !

— J'espère que tu as pensé à moi !

— Je veux !

— Incroyable ! Incroyable ! Je le crois pas ! Tu vois, on l'a pas fait pour rien cette école de secrétariat médical, rappelle-toi !

— Mon Dieu, tu penses encore à ça !

— Ben tu vois, on était dans la bonne voie ! Sauf qu'il fallait que toi, tu pousses encore plus haut et que moi, je bloque sur les blouses blanches et non pas sur les robes noires !

Ça y est, feu vert pour le grand délire ! Quand elles commençaient, elles ne s'arrêtaient plus ! Laura était particulièrement en pleine forme ce soir et elle déborda d'un humour hilarant, pour la plus grande joie de Marie-Ange, qui retrouva très vite sa bonne humeur. L'euphorie régna pendant un bon moment.

Marie-Ange profita d'une accalmie passagère pour faire le point.

— Donc, si j'ai bien compris, J.J. reprend les mêmes, et recommence tout à MAMOUDZOU avec femme et enfants, Didier se retrouve seul au Barachois mais pas pour longtemps, si ça marche avec Robin, et toi tu vas pouvoir enfin quitter ta « Guestapiste » et venir bosser avec ta vieille Marie.

— C'est un beau programme tout ça, mais ça va quand même vous coûter cher à Robin et à toi... Je sais que tu as de belles économies, mais des parts dans un fonds de commerce sur les Champs, je ne sais pas si tu réalises, mais ça doit être hors de prix ! Plus ton Cabinet, ça ne me regarde pas, mais je me demande quand même où tu vas trouver les sous !

Marie-Ange convint qu'elle n'était pas du tout experte tant au niveau de la faisabilité que de l'évaluation de tels projets, mais qu'elle allait en discuter sérieusement avec son mari le plus tôt possible.

Puis Laura poursuivit plus sérieusement.

— Je pense que le problème le plus urgent à régler, c'est celui de Robin. Son avenir est en jeu. S'il peut déjà quitter son entreprise et venir travailler avec Didier, ne serait-ce qu'en qualité de salarié, ce serait déjà bien pour lui, il changerait totalement de secteur d'activité et il se reconvertirait en fait dans sa deuxième passion. Tu sais, il cherche quelqu'un pour remplacer Agnès. C'est peut-être le meilleur moyen pour lui de mettre un pied à l'étrier. Je te signale au passage que cette pétasse touchait 25.000 Francs, alors qu'elle ne faisait que du secrétariat et de l'accueil. Je sais que Robin va remuer ciel et terre pour organiser des soirées fantastiques, rien qu'à voir comment il s'est décarcassé pour la soirée de gala du Comité Central des Compagnies Aériennes, tout me laisse penser qu'il va se balader au Barachois. Et puis, n'oublie pas qu'avec son triple pontage, il vaut mieux qu'il ne soit entouré que d'amis !

— Bien conclu Laura, reste plus qu'à passer devant The Didi !

Marie-Ange remercia Laura de la confiance qu'elle témoignait à son mari et elle espérait que Laura pourrait convaincre Didier de prendre Robin à l'essai. Elle admirait le côté pragmatique de son amie et ses capacités à analyser techniquement la situation. Déformation professionnelle oblige ! Elle n'avait pas fait des études de Premier Clerc pour rien ! Elle savait composer et tirer les meilleurs « moyens de la Moyennation » ! comme disait souvent Jérémy.

Laura ferait bien sûr tout ce qui serait en son pouvoir pour aider son amie. Elle avait toujours été là dans les moments difficiles. Elle avait peut-être enfin l'occasion de lui rendre la pareille, grâce à son bel italien.

— Dans tout ça, il est déjà 10 heures et tu ne m'as pas encore parlé de ta relation avec ton amoureux, s'inquiéta Marie-Ange.

— Ecoute, c'est simple, j'ai l'impression de vivre un rêve ! C'est tout beau, tout nouveau ! C'est l'extase quoi ! J'adore discuter avec lui, il a beaucoup de répartie, un peu comme toi d'ailleurs... Je trouve aussi qu'il a des gestes et un regard... très expressifs... Je crois qu'il tient ça de ses origines. Il parle avec les yeux et avec les mains... Voilà, pour l'instant, ça se limite à ça, mais c'est clair, il me fait craquer...

— Et tu as fait crac-crac ?

— Non pas encore... je ne prends pas la pilule. Tu sais, ça fait deux ans que je l'ai arrêtée... J'ai rendez-vous justement demain soir avec mon gynéco.

Elles discutaient facilement ensemble de leur sexualité et des choses de la vie mais Laura passa sur l'épisode du parking. C'était son jardin secret. Il y a des choses qui ne se disent pas, **même pas aux amies**...

— Tu sais Laura, je suis vraiment heureuse pour toi. Et je prie tous les jours pour que cela aille très loin entre vous deux et surtout continue ton régime. OK, tu as fait fort, tu as d'abord réussi à le séduire par ton intelligence, mais le premier quart d'heure passé, chassez le naturel, il revient au galop, il va finira par bloquer sur ton corps et si tu ne fais pas d'efforts, il aura envie très vite d'aller voir ailleurs.

— Mais enfin Marie, ne me dis pas que les filles bien minces sont épargnées par l'adultère !

— Non, ce n'est pas ce que je veux te dire... excuse-moi alors d'être aussi franche, mais je crois que les filles qui sont grosses sont plus vite cocues que celles qui prennent soin de leur ligne !

— Moi je pense que lorsqu'il y a de l'amour, grosse ou pas grosse, le mec il s'en fout !

— Bon, je vois qu'on se comprend pas, donc je vais te poser le problème différemment. Ça te plairait toi de coucher avec un homme gros et gras ?

Et merde, elle avait encore marqué un point ! Non évidemment ! Laura aimait les hommes grands, minces et élégants ! Et Marie-Ange le savait !

— OK, ça va, j'ai compris, je ferai un effort suprême !

Encore un caprice des Dieux ! pensa Laura.

Il était déjà 22 H 30. Marie-Ange laissa un petit mot à son frère sur la table de la cuisine et raccompagna son amie à CERGY. La Golf de Tati Angie vola sur l'autoroute. Elle avait encore du chemin à faire jusqu'à VERSAILLES, et surtout, ne pas oublier de faire le bisou à Sandy.

14. « Il faut tourner 7 fois sa langue dans sa bouche avant de parler »

Laura n'eut pas la moindre occasion de voir Didier ce week-end, à cause de la Jet-Set ! Sauf que The Didi l'appela à plusieurs reprises pour se faire des récréations. Laura lui parla de Robin. Elle n'eut pas besoin d'argumenter longtemps. Il accepta de l'embaucher et le verrait en temps utile. Lorsqu'elle avait appris la bonne nouvelle à Marie-Ange, celle-ci l'avait définitivement classé dans « les gens bons ».

Ils se retrouvèrent chez Carlo Lundi soir. Toujours les mêmes effusions à l'italienne ainsi que la même table.

— Bon aujourd'hui, c'est toi qui dois me raconter ta vie !

— « Raconte pas ta vie » a dit Prévert ! dit-elle en rigolant

— Je m'en fous de Prévert, je veux tout savoir sur toi !

— OK, je suis née le 14 février 1960 à CAYENNE. J'ai voyagé un peu partout en France, car mon père était Militaire de carrière… Mais c'est à Nice où on a vécu le plus longtemps… c'est une ville splendide, superbe, majestueuse… Le paradis des fleurs !

Laura soupira et poursuivit calmement.

— Mes parents, qui sont maintenant à la retraite, habitent une petite villa dans l'arrière pays niçois… J'ai deux frères et deux sœurs. Je suis l'aînée. Les garçons, Claude et Sébastien tiennent ensemble un magasin de Prêt à Porter pour Homme à NICE, ils mènent chacun leur petite vie, tranquille, avec femme et enfants. Les filles, Danièle est prof de musique au Conservatoire de Nice, mariée, 2 enfants, et Lucie est encore étudiante… en Droit !

— Et Jérémy, son père ? T'es pas obligée de répondre si tu veux pas.

— Non, pas de problèmes, je peux te dire ce qui s'est passé. Enfin, je te résume. Je l'aimais. Je suis tombée enceinte. Il m'avait promis le mariage. Il a reconnu le petit. On a vécu plus ou moins ensemble pendant un an. Puis un jour, je l'ai plus revu… Il m'a téléphoné de Mombassa au KENYA pour me dire que sa place était là-bas, avec les lions… Il nous a envoyé quelques cartes postales et un peu d'argent tous les mois pendant les deux premières années, et depuis, plus de nouvelles !

— Ça existe encore des mecs comme ça !

— Eh oui ! Plus que tu ne le crois, tu sais je les vois passer les dossiers de divorce, c'est pas très beau parfois !

Didier réalisa que Laura avait bien dû galérer seule avec son fils. Mais il ne voulut pas continuer la conversation en ce sens. Ils avaient le temps d'en reparler.

— Et ta copine Marie-Ange, comment tu l'as connue ?

— Marie-Ange, c'est ma meilleure amie, ma copine des grandes galères, on s'est connues sur les bancs de l'école à NICE. On s'est tenu la main pendant un bon moment, jusqu'à ce qu'elle rencontre Robin qui travaillait à l'aéroport de NICE à l'époque. Puis il est devenu Pilote et Marie-Ange l'a suivi à PARIS. On a donc été séparées pendant quelques temps, puis on s'est retrouvées il y a 5 ans. Moi entre-temps, j'ai pas mal navigué, entre STRASBOURG, LYON, MARSEILLE, PERPIGNAN, BORDEAUX, LILLE, BASTIA, j'en passe et des meilleures, et maintenant PARIS !

Didier sourit car même s'il avait parcouru le monde, il n'avait jamais vécu ailleurs qu'à PARIS et il avait du mal à imaginer Laura par monts et par vaux. Et pourtant...

— A part ça, qu'est-ce que tu aimes comme musique, comme littérature, comme cinéma, etc... demanda t-il très enthousiasmé par tout ce que lui racontait sa Laura.

Laura se prit au jeu.

— Ma musique ? Eros Ramazzotti, Andréa Bocelli... Mariah Carey, Tina Turner, Withney Houston... Alpha Blondy, KASSAV surtout, Céline Dion, Garou, Hélène Segara... J.J. Goldman, Francis Cabrel, Michel Berger, France Gall, Véronique Sanson, et Balavoine, mon frère ma bataille... T'en veux encore ?

The Didi était épaté.

— Cinéma ? J'aime bien les films « fleuves » et les films d'aventure, style « Les dents de la Mer », « King Kong », « Jurassic Park », « Le Titanic », etc...

The Didi fit la moue. Il sortirait Laura un peu plus souvent.

Puis elle enchaîna sur son terrain favori : la littérature. Son regard s'illumina. Didier le remarqua.

— J'adore les romans autobiographiques, car je pense qu'il est utile de connaître le parcours des autres ; tu sais, on apprend parfois beaucoup plus sur la vie et sur soi-même en lisant les histoires des autres. Pour moi, charité bien ordonnée commence par soi-même. Après on commence à être solidaire ! Car il faut d'abord bien se connaître soi-même avant d'aller vers les autres. Pour moi, le plus important, c'est la Connaissance !

Didier l'écoutait ébahi.

— Ensuite, moi tu sais, je suis très philosophe et mon concept de vie se situe entre SOCRATE, PASCAL et ROUSSEAU !

Didier l'interrogea des yeux et elle poursuivit, enhardie.

— En fait, je suis un peu le mélange de ces trois personnes. Ce que j'aime en SOCRATE, c'est son ironie, entre « maïeutique » et « dialectique », tu connais ?

— Non… continue ! dit-il en fronçant les sourcils.

— C'est la conversation constructive !

— Ah !

— Ce que j'aime en PASCAL, c'est son penchant pour la morale janséniste, c'est à dire l'idée de privilégier l'initiative divine face à la liberté humaine… Laura s'excitait. Tu comprends, la liberté laisse à l'homme le libre choix de faire du bien ou du mal… et tu le vois, c'est plus l'anarchie, le chaos et la dictature qui font loi. C'est rarement un modèle d'exemplarité. Tandis que dans l'initiative divine, il s'agit de prier Dieu pour que celui-ci révèle à l'homme son destin et qu'il choisisse de faire le bien pour sauver son âme !

Et merde, c'est tout vu, une intello genre illuminée ! pensa Didier. Il n'avait pas envie ce soir de réfléchir à l'existence de la vie. Il sourit bêtement à Laura qui continuait sur sa lancée.

— Et Rousseau, parce qu'il préconise de partir à la quête de soi-même et du secret du bonheur naturel et de la compréhension entre les hommes.

Laura se tut enfin. Elle remarqua que Didier avait baissé la tête.

Rien à voir avec mes préoccupations de la JET-SET ! pensait-il. *Qu'est-ce que je fous avec cette fille là ? Qu'est-ce que je pourrais bien lui apporter ?*

— Et toi, c'est quoi ta culture ?

— Oh, moi tu sais, contrairement à ce que tu pourrais penser, je suis quelqu'un de très simple, je suis plutôt genre à jouir pleinement de la vie... de l'instant présent... sans trop me poser de questions...

— Un épicurien quoi ! dit-elle sur un ton légèrement arrogant.

— Ouais, c'est ça, mais pas toujours, dit-il sur un ton très agacé.

The Didi se leva avec un demi-sourire, paya l'addition, fit un clin d'œil à son ami Carlo et proposa à Laura de la raccompagner maintenant. Il devait retourner au Barachois pour l'anniversaire d'un joueur du P.S.G.

Il enclencha un C.D. de Johnny Hallyday. Il devint taciturne et s'enferma dans un mutisme complet durant tout le trajet et ne s'arrêta pas non plus sur le parking des anges. Laura était mal, très mal. Elle n'osait pas parler. Elle renversa la tête en arrière, pour se donner une contenance, et fit semblant de s'assoupir. Son cœur ne battait plus. Elle avait dû faire ce qu'il ne fallait pas faire ! Elle eut beau réfléchir, mais elle ne trouva aucune explication plausible justifiant son brusque changement d'attitude, si ce n'est qu'elle le trouvait finalement très impulsif, lunatique, désagréable et surtout très vexant ! Elle ne reconnaissait pas son Didi. Que se passait-il ?

Didier lui donna un baiser rapide sur la joue en lui lançant un regard plutôt désespéré et la laissa sortir seule de la voiture. Il attendit qu'elle franchisse le pas de la porte et il démarra en trombe.

Laura se tourna et se retourna dans tous les sens, incapable de dormir. *« Il est des douleurs qui ne pleurent qu'à l'intérieur »* J.J. Goldman.

Elle se remémora toute leur conversation. Il lui avait dit « *pas toujours* », pourquoi ?

Elle se leva en pleine nuit et rechercha dans le dictionnaire la définition du mot « épicurien ». Elle réalisa qu'elle n'était pas si intelligente et si « intello » que ça. Didier n'était pas uniquement à la recherche des plaisirs sensuels. Sinon, qu'est-ce qu'il foutrait avec elle ? !

Laura retourna à sa douleur. Et ce soir là, elle se promit de ne plus être arrogante et de ne plus parler sans connaître vraiment la signification des mots ou plus exactement, en l'espèce, de balancer des mots sans en connaître véritablement la portée ou l'incidence…

(Elle remercia sa copine autodidacte de MARSEILLE qui lui avait offert un énorme dictionnaire la veille de son départ pour la capitale. Elle lui avait dit *« tu en auras peut-être besoin là-bas ! »*. Elle ne croyait pas si bien dire. Elle se promit de le consulter plus souvent).

15. « Impossible n'est pas français »

Laura n'eut pas le temps de se morfondre davantage. Son association la réclamait, notamment Marie-Chantal, qui la rappelait à l'ordre, du moins à ses devoirs de Présidente ! Laura en effet avait eu l'idée d'organiser le deuxième dimanche du mois de décembre une manifestation un peu spéciale, qui lui tenait à cœur : un marché provençal sur les quais de CONFLANS SAINTE HONORINE ! Il fallait être à moitié dingue pour imaginer que cela pourrait être un événement dans la région ! Il est clair aussi que Marie-Chantal devait sans doute être un peu « fadade » pour suivre son amie dans ce projet. Quant à Laura, elle savait qu'il fallait toujours un zeste de folie dans les plus grandes entreprises. Sinon, on ne faisait rien d'extraordinaire ! Et ce qui excitait Laura, c'était justement de créer l'événement ! Et Marie-Chantal, de parader pour sa propre gloire ainsi que pour la gloire de Laura par la même occasion !

Marie-Chantal et Laura étaient de très vieilles amies. Déjà, leurs pères respectifs avaient fait leurs classes ensemble, puis avaient exercé le même métier. Partout où le père DOUCE allait, le père de Marie-Chantal allait ! Et la petite Marie-Chantal était toujours fourrée dans la famille DOUCE, comme si c'était la sixième enfant de maman DOUCE. Les parents de Marie-Chantal étaient divorcés et son père avait dû réclamer en justice la garde de son enfant, la mère étant brusquement devenue folle… et placée sous curatelle !

C'est à Nice que Marie-Chantal, elle aussi, avait vécu le plus longtemps. Laura n'avait pas grand chose en commun avec sa vieille amie, genre excentrique, voire provocatrice (sauf l'amour du pays, de leur région, et donc de la Provence, la Haute Provence, l'arrière-pays, un véritable sanctuaire, un coffre secret, un lieu sacré où l'on peut aller cacher ses trésors, donner libre cours à ses sentiments et livrer ses émotions). Malgré leurs différences, cela n'avait pas empêché Laura de faire les 400 coups avec son amie d'enfance et d'apprécier le côté « product original » de Marie-Chantal. Personne ne s'ennuyait à ses côtés ! De plus, Laura savait qu'elle pourrait toujours compter sur son amie. Bien que celle-ci n'en faisait qu'à sa tête, elle reconnaissait volontiers que Laura avait le plus souvent raison. Elle écoutait finalement son amie et lui faisait entièrement confiance. Elle était prête à aller jusqu'au bout du monde avec sa Laura. Encore une énigme de la vie ! Sans doute une histoire de gosse, de celles qui marquent à jamais un enfant... la douloureuse séparation avec sa mère... son témoignage devant le Juge... Laura fut là pour la consoler.

Et comme leurs pères, qui exerçaient le même métier, Marie-Chantal et Laura, exerçaient également la même profession (?). Elles travaillaient toutes les deux dans des cabinets d'avocats, sauf que Marie-Chantal, elle, occupait un poste qui lui convenait, dans lequel elle s'épanouissait totalement : elle était devenue Responsable du Service Bibliothèque dans un cabinet d'avocats international très renommé, qui employait, rien que sur PARIS, au moins 100 personnes ! Laura d'ailleurs y avait fait un court séjour, grâce au piston de Marie-Chantal, mais elle quitta la boîte, sur un coup de tête, pour retourner bosser dans le Sud, à MARSEILE, là où elle avait vécu trois années avant de monter dans la capitale. Elle retourna donc chez son ancien patron, Maître « BEAU-PIERRE », dont elle était tombée amoureuse et dont elle avait eu du mal à se séparer… mais que Laura avait dû quitter précipitamment, la mort dans l'âme, lorsqu'elle l'avait surpris en train d'embrasser Nicole, sa collègue de bureau, qui était à l'époque une bonne copine… et qui savait pertinemment que Laura était très éprise du beau Maître. Laura, pour oublier, décida de quitter la belle ville de MARSEILLE et d'aller retrouver ses amies, Marie-Chantal et Marie-Ange, qui habitaient déjà à PARIS.

Mais la relation amoureuse de Maître « BEAU-PIERRE » avec Nicole ne dura pas longtemps… et le bel avocat, déçu, confia à Laura qu'il avait espéré trouver en Nicole plus qu'une « âme de secrétaire »… et il demanda à Laura de revenir auprès de lui, ce qu'elle fit immédiatement, sans réfléchir aux conséquences… Mais le beau Maître, coureur de jupons, était un grand amateur de femmes et recommença avec la pré-stagiaire de passage au Cabinet, dont il tomba finalement amoureux fou. Le beau Maître « s'excusa » auprès de sa très gentille secrétaire qui était comme une maman ou une sœur pour lui ! Et Laura, désespérée, le cœur brisé, revint à PARIS, mais ne put malheureusement réintégrer son poste (à Paris, qui va à la chasse, perd sa place !). Laura trouva néanmoins un emploi très rapidement en passant par une boîte Intérim spécialisée dans le juridique. Et pendant ce périple, Paris/Marseille et vice-versa, qui dura à peine six mois, Laura, bien sûr, avait encore entraîné son fils dans ses pérégrinations, mais Jérémy suivait toujours de bon cœur sa maman. C'est comme cela qu'il avait des copains et des copines un peu partout en France ! Aussi, Laura s'était juré de ne plus jamais « s'amouracher » d'un patron. Elle avait compris la leçon. Son beau Maître l'aimait beaucoup, certes, et même si elle n'avait point l'âme d'une secrétaire, cela ne suffisait pas pour qu'il tombe amoureux d'elle. Aussi, c'est à partir de ce moment là, de retour dans la capitale, qu'elle commença à se laisser aller et à grossir bêtement, et encore plus, quand elle n'eut plus jamais de nouvelles de son beau Maître !

Bref, beaucoup d'eau avait coulé sous les ponts de Paris… jusqu'au jour où Laura, plus ou moins guérie, avait demandé à Marie-Chantal de bien vouloir s'investir avec elle dans la création d'une association que Laura avait dénommée « La Loi Provençale ».

Marie-Chantal connaissait bien la signification du mot « relations publiques » et avec son physique, pour le moins, tape à l'œil et « de quoi faire monter la pression », genre Arielle DOMBASLE, elle n'avait pas non plus la langue dans la poche et elle arrivait toujours à ses fins, chose que Laura avait du mal à comprendre, si ce n'est qu'elle savait que le mélange Laura/Marie-Chantal serait explosif, genre dynamite quoi !

Cette fois-ci, elles avaient fait fort ! Reproduire la scène des marchés de Provence sur les quais d'une petite cité perdue dans les fins fonds du Val d'Oise, non seulement il fallait y penser, mais encore fallait-il réussir l'opération !

Mais avec Laura et Marie-Chantal, il n'y avait rien d'impossible !

Laura se replongea totalement dans l'organisation de cette manifestation. Elle avait déjà fait la moitié des choses, puisqu'elle avait déjà pris contact avec l'association des forains de Provence, les Mairies de CERGY-PONTOISE, CONFLANS, PARIS et celles du Sud, de MARSEILE jusqu'à NICE, qui furent très honorées de participer à cette opération d'envergure, telle que Laura leur avait présentée. Tout le côté administratif était fin prêt depuis un moment.

Il lui restait à présent une bonne quinzaine de jours pour boucler l'opération. Elle fit appel aux radios locales et provençales. Elle passa des annonces dans les journaux. Elle colla des affiches un peu partout dans la région pour annoncer l'événement. Elle balança l'info sur son site Internet. Elle prépara un programme minutieux, entrecoupé de jeux, de spectacles, de danses folkloriques et de mini-conférences sur l'art et les traditions provençales. Elle réunit un soir dans la semaine, chez elle, un groupe de bénévoles prêts à donner un coup de main à Laura. Elle fit part de son projet à d'autres associations qui s'unirent aux efforts de Laura et de Marie-Chantal pour que cette manifestation ressemble à un jour de fête inoubliable. Tous les commerçants du petit village participèrent également à la fête et, après avoir fermé exceptionnellement leur magasin le samedi après-midi, ils arrivèrent tous en groupe sur les quais, suivis de près par l'équipe technique des villes de CERGY et de CONFLANS afin d'aider Laura et Marie-Chantal à installer, pour la circonstance, des bancaous fabriqués par les artisans du pays et expédiés par convoi spécial ! Ils réalisèrent une prouesse technique extraordinaire ! Comme Laura le souhaitait !

Le jour J fut un véritable enchantement. Déjà la veille, tous les exposants étaient présents. Marie-Chantal se fit un plaisir d'être leur guide et leur hôtesse dans la ville, avec le précieux concours de Sylvie, la copine de Laura qui habitait à CONFLANS, et bien sûr Marie-Ange qui avait l'habitude des marchés, puisque sa mère était une foraine très connue sur la place de LA CIOTAT…

Tous les forains furent logés à l'hôtel aux frais des municipalités participant à l'opération. Laura leur remit en main propre le programme du lendemain pour que chaque exposant puisse trouver sa place et soit informé dans les moindres détails du déroulement de la manifestation. Laura était une perfectionniste. Bien sûr, elle n'était pas à l'abri d'un oubli ou d'une erreur, mais elle faisait toujours le maximum pour que tout le monde soit pleinement satisfait.

Laura donna rendez-vous, le dimanche très tôt, aux membres de son association au petit café où Laura avait mangé une crêpe avec Didier et Monie… La journée s'annonçait comme un pèlerinage… Malgré tout ce remue-ménage, Didier lui manquait énormément. Elle savait que Jean-Jacques viendrait faire un tour sur le marché avec Linda. Elle espérait peut-être revoir son Didi, sinon elle demanderait de ses nouvelles à son frère.

Dès l'aube, chaque forain prépara avec amour son petit coin de Paradis, sur un petit bancaou de terre made in Provence… Laura arriva avec son équipe, et tout le décor qu'elle devait mettre en place, dès 7 heures. Les pins, les fontaines d'eau, les cigales, la lavande, le pastis… tout y était, même les cartes et les boules… la bonne humeur… et miracle, le beau temps !

A 10 heures, les officiels et les journalistes arrivèrent et la cérémonie d'ouverture du marché eut lieu sous les applaudissements d'une petite foule enthousiaste et grandissante. Laura se retrouva dans son élément et fit sensation. Une seule chose comptait : charmer et convaincre des gens qui s'étaient spécialement déplacés pour assister à une journée dont ils devaient garder un merveilleux souvenir. Elle fit un discours bref mais très élogieux sur les marchés de Provence, puis les Maires dirent les uns après les autres quelques mots de bienvenue et celui de CONFLANS coupa la traditionnelle banderole qui permit à tout le monde de commencer à faire enfin son marché. Bigre !

Laura, Marie-Ange, Marie-Chantal et Sylvie accompagnèrent les personnalités dans leur visite, gravissant allègrement les bancaous. Ils s'arrêtèrent devant chaque étal : d'abord, les senteurs de Provence, des savons à la lavande... jusqu'aux parfums enivrants de Grasse, rose, muguet, mimosa, violette..., ensuite tout l'artisanat local, des tians jusqu'aux santons, puis l'art de la confection, des nappes jusqu'aux rideaux, l'art de la peinture, de la littérature, de la mode, de la cuisine provençale, des herbes de Provence comme le thym, le romarin... de la soupe au pistou jusqu'à la bouillabaisse préparées par Madame « BONNE MARMITE », et tant d'autres... les calissons, les vins de Provence, l'huile d'olive du Domaine de l'Estellade (apporté par Maman DOUCE), etc... On avait le droit de toucher et de goûter à tout.

A midi, pendant que le marché battait son plein, Laura et Sylvie, selon le programme de la Présidente, s'éclipsèrent les premières pour la pause déjeuner, bien méritée, après avoir raccompagné les officiels et fait quelques photos pour les besoins de la cause.

Sylvie se pâmait. Quant à Laura, elle planait !
— Génial, super, royal, tu es formidable Laura, tu as gagné un pari extraordinaire, tu as mené cette manifestation de main de Maître !

Laura sourit et remercia son amie. Un tel compliment de la part de Sylvie la touchait énormément, car elle savait que celle-ci était d'une nature exigeante, parfois intransigeante, et elle aimait par dessus tout le travail bien fait. Laura s'entendait à merveille avec Sylvie. Elles s'étaient connues sur les bancs de l'école des adultes, elles avaient fait leurs devoirs ensemble, révisé pour les examens ensemble, elles étaient de la même promotion. Elles avaient pris le temps de se connaître, de s'apprécier et de se lier d'amitié. Elles possédaient toutes les deux une qualité essentielle, la ténacité, qui les avait rapprochées et leur avait donné l'occasion de réaliser de grandes choses ensemble.

Laura avait rarement vu son amie s'exprimer et gesticuler de cette façon. Sylvie était plutôt du genre très pudique, très réservée, très peu causante, même si elle parvenait toujours à se faire remarquer (elle avait beaucoup d'allure et de prestance). Laura était fascinée par sa personnalité. Elle l'avait surnommée « La déesse ». Elle aurait souhaité être comme elle, calme et posée à toute heure de la journée… elle avait une patience infinie. Elle avait un don particulier, un art, celui de savoir temporiser, analyser, relativiser… et dans le métier de 1er Clerc qu'elle avait la chance d'exercer, elle avait trouvé entièrement sa place.

Laura, en définitive, évoluait autour d'amies gaies et très positives. C'était d'ailleurs le meilleur remède pour guérir de certaines blessures de la vie…

Sylvie, au comble de l'émerveillement finit par se « lâcher » complètement :

— Laura, j'ai compris ton problème. Tu es une créative ! Tout comme moi je m'épanouis dans ce que je fais parce que j'ai choisi ma carrière professionnelle en fonction de mes goûts personnels, tu dois toi aussi t'investir dans un domaine qui te correspond à 100 %. Tu es comme moi Laura, tu as besoin d'indépendance, de liberté, tu dois créer toi-même ton propre emploi ; moi, tu vois, je suis heureuse dans mon boulot parce que je me dirige seule, je m'organise comme je veux, je crée moi-même mes lettres, mes actes, c'est mon œuvre personnelle, et je suis fière de pouvoir m'exprimer comme je le souhaite, avec mes propres mots, selon les techniques que nous avons apprises à l'école. J'adapte mon texte suivant les données du litige. Pour moi, c'est un travail de recherche et parfois un travail de longue haleine, dans lequel je prends beaucoup de plaisir. J'adore ce contact avec les clients qui m'accordent toute leur confiance en me livrant des moments parfois douloureux de leur vie. Je dois les aider absolument, car ils ont besoin de moi. C'est ce sentiment de me rendre utile auprès des autres qui me donne l'impression d'exister et me conforte dans l'idée que j'ai choisi la bonne voie. J'aimerais Laura que tu trouves enfin ta voie... Quand je vois ce que tu as réalisé aujourd'hui, franchement je me demande ce que tu fous encore chez les avocats, je te vois plutôt dehors, sur le terrain ! Tu dois faire autre chose Laura !

Sylvie prêchait bien entendu une convaincue et Laura n'avait retenu qu'une chose, ces quelques mots prononcés par son amie, qui eurent le mérite d'apparaître aux yeux de Laura comme une révélation : **« tu es une créative ! »**

Laura vécut cette journée comme une consécration et malgré la sensation d'un vide important causé par l'absence de Didier (elle n'avait pas eu le privilège non plus de voir Jean-Jacques ni Linda) elle parvint néanmoins, à sa plus grande surprise, à être joyeuse, sereine et disponible pour tous.

Elle avait quand même eu la chance d'être aux côtés de l'homme – presque – le plus important de France : Monsieur « LE MINISTRE » qui était tout simplement venu, en qualité de citoyen, voir un peu ce qui se passait du côté de CONFLANS. Il confia même à Laura qu'il avait entendu l'information sur RADIO NUMBER ONE. Incroyable, Jérémy avait réussi à faire déplacer un grand homme politique, et non des moindres ! En place « The Ministre » !

Quant à Sylvie, avec son allocution-vérité, elle était parvenue également à un exploit de Maître : celui de donner un nouvel élan à Laura et de lui faire découvrir sa vraie personnalité. En place « The déesse » !

Vers 17 heures eut lieu le tirage de la loterie. L'association de Laura, fortement subventionnée, offrit deux beaux lots :

1. Un séjour d'une semaine en chambre d'hôte, en pension complète, au « Mas des Olivades » à PEYMEINADE près de GRASSE, la capitale mondiale du parfum, comprenant bien sûr la visite des parfumeries, vol en planeur à FAYENCE, en parapente à GOURDON, pêche ou navigation sur le lac de SAINT-CASSIEN… un vrai bonheur… et plus encore, la visite des typiques villages provençaux de CABRIS, MONTAUROUX, GALLIAN, ST-CEZAIRE et bien sûr GOURDON, le village préféré de Laura.
2. Un week-end sur un petit bateau de croisière, genre trawler, à la découverte des îles méditerranéennes, au départ de MARSEILLE, cap sur l'incontournable Château d'If et sur l'Ile Caroline, puis visite des calanques de CASSIS, d'En-Vau, le joyau, jusqu'aux Iles d'Or, Porquerolles, l'île préférée de Laura, et enfin les îles de rêve au large de SAINT-TROPEZ… le vrai bonheur ! Saint-Honorat, « The Paradis » sur terre !

C'est un jeune marin-pompier qui gagna le premier lot et une dame travaillant dans un refuge pour animaux qui partira en croisière. Juste retour des choses !

La fête se termina par un Aïoli géant offert par les forains et par la traditionnelle partie de carte, bien au chaud, « chez Lorette ».

16. « Nul n'est censé ignorer la loi ! »

Dur dur le lundi, surtout après les longs préparatifs et les festivités du week-end, plus la fatigue et le stress accumulés... Laura arriva au bureau, déjà épuisée. La journée s'annonçait plutôt mal. Même si elle avait décidé de s'investir à nouveau dans son travail (elle n'était pas au top de sa forme), le cœur n'y était pas (elle souffrait du silence de Didier). Elle se promit cependant d'être gaie et d'essayer d'être « à la hauteur » de sa tâche et « digne » de la confiance de Me SCIENCE-INFUSE, mais « *les choses ne sont pas toujours ce qu'elles paraissent* ». Laura, certes, possédait l'art et la manière de paraître et lorsqu'elle parvenait à créer l'illusion, c'est à dire à donner l'image de la parfaite petite secrétaire, elle savait pertinemment qu'elle était mal à l'aise dans ce rôle et que les choses ne tenaient qu'à un fil...

Aujourd'hui, plus que jamais, elle allait d'ailleurs en faire la triste expérience et être définitivement convaincue que tous ses efforts étaient vains et voués à l'échec. Elle ne pourrait plus continuer à jouer très longtemps dans la cour des « Grands ». A moins d'être complètement maso... et de finir comme certains d'entre eux, genre égocentrique-lunatique-hystérique ou pire mytho-parano-mégalo... *Mélangez le tout, vous obtiendrez « The nectar d'avocat ».*

Elle n'avait pas encore posé son sac que le téléphone sonnait déjà. Au bout du fil, Me SCIENCE-INFUSE, de bon matin, lui reprochait d'être arrivée en retard (9 H 10 au lieu de 9 H). Bien sûr, elle avait raison d'être en colère. Laura s'excusa et dut se justifier (incident sur la ligne RER… pour de bon). L'avocate se calma et donna ses instructions pour la matinée.

Laura attaqua le boulot par une urgence. *Et merde, juste aujourd'hui !* Dernier jour pour conclure dans l'affaire « LA COURSE C/LA MONTRE ». *Veuillez prendre la cassette sur mon bureau et dès que vous aurez fini de taper, appelez-moi tout de suite.*

Laura conclut sur 13 maudites pages, plus autant de pages pour les cotes de plaidoiries. Et pour couronner le tout, le dossier vachement passionnant… Tant qu'à faire, Laura aurait préféré se taper une bonne histoire de famille, mais elle préférait encore se farcir des dossiers « prise de tête » que de taper dans des dossiers où il fallait avoir le cœur bien accroché (crimes, viols, tortures, etc…). Il est vrai que les secrétaires d'avocats sont tenues au secret professionnel, mais si leurs doigts pouvaient parler, ils auraient de quoi écrire un livre entier sur le sujet…

Entre les coups de fils intempestifs de la Patronne, la frappe, les corrections, les copies, les e-mail et les fax, Laura quitta le bureau à 13 H 30 (au lieu de 13 heures). Me SCIENCE-INFUSE passa en coup de vent pour récupérer sa jolie robe et le précieux dossier. *Merci Laura, sans vous, comment j'aurais fait ?* Enfin, un mot gentil, c'est si rare… (non, tu as rêvé Laura).

Dieu merci, elle avait la chance d'avoir des collègues solidaires dans le travail, qui s'entraidaient systématiquement dans les urgences, ce qui n'était pas le cas dans tous les cabinets où parfois les filles devenaient méchantes et aigries avec le temps, jouaient aux parfaites hypocrites ou bien encore tombaient très vite dans une rivalité excessive et malsaine, parfois pour le plus grand bonheur des patrons…

Georgette et Brigitte, les gentilles collègues de Laura, avaient donc pris le relais et l'avaient soulagée côté téléphone et dans les menues besognes qu'elle assurait habituellement, sinon elle n'aurait pas eu le temps d'aller déjeuner (grave…).

Laura était claquée. Quatre heures ininterrompues de travail acharné, scotchée et stockée sur sa chaise dactylo, concentrée au maximum sur ce qu'elle tapait, à fournir un travail intense de compréhension dit « intellectuel ». Elle avait mal au dos, aux yeux et ses doigts étaient devenus raides comme des petits bâtons. Sa tension nerveuse se relâcha avec la pause déjeuner.

Elle se demandait comment certaines de ses collègues arrivaient à tenir ce rythme au quotidien. Aussi, elles étaient devenues de véritables robots télécommandés. A peine on les touchait, le système se déclenchait : soit elles riaient comme des folles soit elles pleuraient comme des bébés. Laura aujourd'hui était logée à la même enseigne que ses collègues, sauf qu'elle n'arriverait jamais à taper au kilomètre, comme l'exigeait le patron de sa collègue Georgette, lequel se vantait auprès de ses confrères d'avoir une secrétaire qui tape comme une « mitraillette ».

Dieu merci, pour Laura, ce n'était pas tous les jours comme ça, sinon on aurait pu l'embaucher dans un cirque comme « AUTOMATE ». Imaginez Laura, branchée sur 3000 volts, au sein de la Compagnie « PILE LONGUE DUREE » : succès garanti. *Ne manquez surtout pas Messieurs Dames le numéro spécial des secrétaires automates : « LA REVUE DES WONDER WOMEN ».*

Attention : places limitées, inscrivez-vous. Tarif rouge pour les « patrons mitraillette », tarif bleu pour les « patrons baïonnette », tarif vert pour les « patrons pâquerette » (en clair : sois belle, tape et tais-toi). Gratuit pour les « petites secrétaires parfaites » et leurs gentilles collègues.

Laura dut enlever ses lentilles. Elle avait tant forcé sur sa vue qu'elle voyait tout trouble. Elle savait que cela lui jouerait un mauvais tour un jour. Il fallait qu'elle consulte. Ses lentilles étaient encrassées forcément. Deux ans sans avoir vu un ophtalmo, elle allait le payer très cher. A présent que sa situation s'était quelque peu améliorée, elle pourrait enfin reprendre une mutuelle et se faire rembourser les frais. Heureusement, pendant ce laps de temps (deux ans), ni elle ni Jérémy n'avaient été malades.

Laura pour reposer sa vue enfourcha ses lunettes de vieille fille. Son Maître QUI TENTE TOUT, pour qui elle bossait à présent (officiellement) l'après-midi et qui louait depuis peu un bureau dans les mêmes locaux que Me SCIENCE-INFUSE, lui demanda poliment si elle avait des problèmes de vue. Laura, sans entrer dans les détails, lui expliqua qu'il s'agissait d'un petit incident de parcours… Puis le Maître annonça à Laura qu'il serait en rendez-vous à l'extérieur toute l'après-midi et qu'elle pouvait quitter le bureau une heure plus tôt si elle le souhaitait pour aller voir un médecin. Laura accepta et remercia Maître QUI TENTE TOUT qui, lui, avait une bonne vue et se préoccupait toujours de son bien être et de sa santé.

Décidément, les « patrons hommes » (sauf ceux de Virginie) étaient beaucoup plus attentionnés envers les « salariés femmes » que les « patrons femmes » envers les « salariés femmes »… A croire que lorsqu'une femme devient patron, elle est fabriquée dans un moule différent et n'a jamais mal au ventre au moment de ses règles ou n'est jamais épuisée par la vie de famille comme une femme salariée. Mène t-elle une vie différente ? Ne s'occupe t-elle pas des enfants, ne fait-elle pas le ménage, la cuisine, les courses, le lavage, le repassage... Pour la plupart des femmes, une deuxième journée de travail commence à la maison, le soir après le boulot, jusqu'à minuit 40...

Les choses se gâtèrent véritablement lorsque Me SCIENCE-INFUSE revint du Tribunal, vers 16 heures, comme une fleur.

Elle pénétra dans le « Pool Dactylo », lança un « bonjour Mesdames » à la volée, se dirigea tout droit vers Laura et marqua un temps d'arrêt devant sa secrétaire « préférée ». *Mon Dieu Laura, mais qu'est-ce qui vous est arrivé* ? Dit-elle sur un ton affolé, apeuré, puis à la limite de la compassion et de la condescendance. Laura resta bouche bée devant l'attitude exagérée et démesurée (voire grotesque) de sa patronne « adorée ». A croire qu'elle n'avait jamais vu de femme porter des lunettes. Ridicule, mais surtout très « vexant » pour Laura. C'est Georgette qui parla à la place de Laura et tenta de « rassurer » Maître SCIENCE-INFUSE.

— Mais enfin Georgette, ce n'est pas à vous que je m'adresse, dit-elle sur un ton plus que dédaigneux.

Georgette avala sa salive et ravala sa fierté. Aussi, Brigitte ne prit aucun risque. Un ange passa et trépassa. Circulez, il n'y a rien à voir.

Laura ne comprenait pas pourquoi Me SCIENCE-INFUSE se mettait dans un tel état, comme si c'était une situation anormale ou qui posait un réel problème, propre à nuire aux intérêts du Cabinet ou à l'image de la profession. En tout cas, cela n'empêchait pas le Cabinet de tourner.

Laura enleva ses lunettes, affronta le regard de Me SCIENCE-INFUSE et quelque peu embarrassée parvint à répondre à sa patronne qu'elle avait tout simplement mal aux yeux et qu'elle avait dû enlever ses lentilles pour ne pas aggraver son cas (comme elle l'avait d'ailleurs expliqué à Maître QUI TENTE TOUT).

— Mais enfin Laura, pourquoi vous ne m'avez pas dit que vous portiez des lentilles ? Dit-elle sur ton difficile à qualifier, genre « offensé » ou « offusqué ».

Laura ne sut quoi répondre. Effet boomerang ! C'est comme si on demandait à une personne pourquoi elle n'avait pas dit qu'elle était noire… ou blanche...

Maître SCIENCE-INFUSE, souveraine, quitta le Pool en faisant tournoyer son hermine et en prononçant des mots inaudibles, tout en secouant ses boucles blondes.

Laura demanda à Georgette si elle avait dû prévenir son patron qu'elle portait une perruque (Georgette était complexée par sa chevelure fine ; ses cheveux étaient si fins que par endroits on voyait son crâne). Que dirait Me SCIENCE-INFUSE si un jour Georgette venait travailler avec un foulard sur la tête ?

Laura fut profondément déçue par le comportement de Me SCIENCE-INFUSE. Elle n'arrivait pas à comprendre pourquoi elle se formalisait pour si peu et semblait si « contrariée » par cette situation somme toute banale, voire courante, dont pouvait être victime n'importe quel être humain, genre « commun des mortels ». Elle donnait l'impression d'être au-dessus de tout çà. Elle, si parfaite, ne tolérait pas que les gens autour d'elle souffrent d'une quelconque « infirmité », et encore moins d'infirmité intellectuelle... Laura allait encore en faire les frais aujourd'hui.

Maître SCIENCE-INFUSE, pour qui elle ne bossait pas l'après-midi, profitait toujours de l'absence de Maître QUI TENTE TOUT pour confier à Laura un travail que « les autres » (soi-disant) ne pouvaient pas faire. Il suffisait tout simplement de remplir un bordereau de remise de chèque et d'aller le porter à la banque le lendemain avant de venir travailler. Donc, suite et fin de l'affaire « LA COURSE C/LA MONTRE » : l'encaissement des honoraires (sujet sensible et extrêmement délicat pour tous les avocats...).

Maître SCIENCE-INFUSE remit un chèque de 23.920 Francs à Laura.

— Surtout montrez-moi le bordereau une fois que vous l'aurez rempli Laura.

Laura, exaspérée, demanda à Georgette si elle était vraiment bête.

— Mais non Laura, ce sont les gens qui s'adressent à toi qui sont méchants et qui te font croire que tu es bête.

Maître SCIENCE-INFUSE avait toujours besoin de vérifier, de contrôler et de s'assurer que le travail donné avait été correctement effectué. Laura, disciplinée, exécuta ses ordres et montra le « travail » qu'elle avait réalisé.

— Mais enfin Laura, vous ne savez pas remplir un bordereau ? Dit-elle sur un ton plus proche du défi que de la simple question.

Aujourd'hui, c'était la Sainte Laura. Elle était arrivée ce matin, épuisée certes, mais souriante et pleine de bonne volonté. Elle ne savait pas dans quel état elle repartirait ce soir, sans doute sur les genoux ou à quatre pattes avec ses amies les bêtes : « Les Deschiens ». Plus bête que jamais.

— Relisez Laura, relisez !

Laura eut beau écarquiller les yeux (ses pauvres petits yeux douloureux) et relire le foutu bordereau, elle ne vit rien… qui soit contraire à la loi du Barreau.

— Vous n'avez pas indiqué la date de remise du chèque, déclara t-elle enfin au bout d'un quart d'heure… sur le ton de la victoire…

Laura dut en effet reconnaître son erreur (fatale) et avoua (son crime) en présence de deux témoins : les collègues.

Laura eut l'audace de faire remarquer à sa patronne que le tampon de la banque y remédiait systématiquement (comme le tampon de La Poste faisant foi).

— Je m'en fous de ce que fait la banque, je vous ai déjà dit Laura de ne pas oublier de mettre la date, c'est une obligation comptable.

— Je pensais que…

— Vous n'êtes pas là pour penser Laura mais pour faire ce que je vous dis, mettez la date et remontrez-moi ! dit-elle en hurlant et en gesticulant telle une folle hystérique.

Laura regagna la place qu'elle avait méritée en levant les yeux au ciel et en implorant le Seigneur-Tout-Puissant de l'aider à supporter cette épreuve… ou, mieux encore, de la libérer de ce cabinet qui se transformait en ghetto. Où était son sauveur ? ?

Laura avait envie de hurler. Elle jeta un œil plaintif sur ses collègues. Elles continuaient à taper, en essayant de se faire toutes petites (pas de coin pour se cacher). Elles étaient pétrifiées par la peur et l'angoisse, jusque dans leur chair (mal au ventre) et dans leur âme (souvent dépressive). La peur de cette épée de Damoclès qui risquait à tout moment de leur tomber sur la tête. Et voilà comment on formait, sur le tas, une bonne secrétaire d'avocat. A coup de stress permanent et d'humiliations quasi-quotidiennes, sans doute pour les rendre plus « intelligentes »…

— Vous êtes à bonne école chez moi !

L'école de quoi ! De la Perfection ou de la masturbation… intellectuelle ?

La journée atteignit son paroxysme un quart d'heure avant « l'heure de la sortie » à l'occasion de l'affaire « LA MASSE C/L'ELITE ».

Sa patronne lui avait dicté un fax urgent dans l'après-midi et Laura avait pris l'initiative de le faire signer par la collaboratrice de Me SCIENCE-INFUSE qui était présente dans le bureau au moment de la dictée. La collaboratrice accepta de signer pour ordre (puisque Me SCIENCE-INFUSE était en rendez-vous encore pour un long moment).

Quelle ne fut pas la surprise de Laura de voir la Maître lui tomber dessus comme une bombe à peine sortie de son rendez-vous.

— Vous avez tapé le fax Laura ?

— Oui Maître, il est même déjà parti, annonça t-elle aussitôt (plutôt fière d'avoir pris cette initiative).

— Comment Laura, vous avez fait partir un courrier sans me le montrer et sans me le faire signer ! lança t-elle sur un ton outragé.

— Je l'ai montré à Maître « PATIENCE INFINIE » et c'est elle qui me l'a signé. Comme vous étiez en rendez-vous et que c'était urgent…

— Mais enfin Laura, vous savez bien que je veux tout contrôler moi-même. Quand je suis là, c'est-à-moi que vous devez faire signer tout le courrier ! Dit l'avocate en colère (boum ! la bombe explosait).

Cela devenait comique… Laura retint sa respiration une minute, puis dit en souriant à la grande Dame, avec un calme olympien qui la surprit elle-même.

— Maître, si je n'avais pas fait partir le fax, vous m'auriez dit : mais enfin Laura, pourquoi vous n'avez pas fait partir le fax ?

Maître SCIENCE-INFUSE, décontenancée – pour la première fois – ne put que sourire à Laura. Mais la « parfaite petite secrétaire » n'avait plus envie de jouer à « *je te tiens par la barbichette, le premier qui rira aura une tapette* ».

— Incroyable, incroyable ! Maugréa t-elle en quittant le Pool, après avoir croisé le regard « ras-le-bol » et « bouge-de-là » de derrière les lunettes de vielle fille de Laura.

Laura quitta à son tour le bureau une heure plus tôt, sans se justifier, sous l'œil du Maître qu'elle avait réussi à faire cligner. (Non, tu n'as pas rêvé Laura). Trop tard… le fil était à présent cassé… définitivement.

Laura remporta avec succès toutes les épreuves de « LA COURSE C/LA MONTRE » et avait sauvé la face de « LA MASSE C/L'ELITE ». Elle méritait bien sa couronne de lauriers. Elle avait gagné durement aujourd'hui le salaire de « la peur au ventre » et gagné la bataille de « l'anti-connerie », ce qui veut dire qu'à un moment donné, il faut arrêter d'être « con ».

Elle réfléchit sérieusement à sa situation dans le RER qui la ramenait dans sa banlieue avec ses amies les bêtes.

Heureux les simples d'esprit, ils iront tous au Paradis. Si le conducteur du train pouvait entendre les millions de pensées des centaines de gens qu'il transportait quotidiennement, il pourrait lui aussi écrire un livre !

Bref, sa patronne avait été particulièrement exécrable aujourd'hui. Il y avait quelque chose d'antinomique dans son comportement. Elle ne supportait pas l'ignorance ou la « connerie » des gens, mais quand elle avait affaire à des gens plutôt censés, elle ne supportait pas non plus – apparemment – que ces gens-là deviennent plus « intelligents ». Il fallait sans doute qu'ils restent toujours bêtes, pour qu'elle puisse plus facilement les dominer et se moquer d'eux, sans doute pour mieux faire ressortir son intelligence – à elle – et montrer ainsi sa supériorité... et s'enorgueillir ad vitam aeternam. Le syndrome de « l'égo surdimensionné » quoi !

Encore plus paradoxal : Me SCIENCE-INFUSE était beaucoup plus gentille et tolérante (voire humaine) envers des personnes qui étaient véritablement bêtes, parce qu'elles n'avaient aucune chance – sans doute – de devenir intelligentes. Donc, pas de danger pour l'égo. Qu'en « Pense » le Psy ?

Maître SCIENCE-INFUSE n'insultait pas ses secrétaires, certes, mais elle employait toujours des mots qui blessaient, vexaient, humiliaient ou rabaissaient les gens qui étaient pourtant très dévoués à son service. Comment peut-on imaginer qu'une personne si intelligente et si cultivée n'ait jamais appris à s'exprimer avec douceur et gentillesse, de façon respectueuse.

Faut-il vous rappeler, Maître, les termes de l'article 29 alinéa 2 de la loi du 29 juillet 1881, relatifs aux propos outrageants qui, sans contenir l'imputation d'un fait précis, sont de nature à porter atteinte à l'honneur ou à la délicatesse de celui auquel ils s'adressent. Ainsi, l'expression « vous n'êtes pas là pour penser… » pourrait éventuellement constituer un délit d'injure publique au sens de la loi. Qu'en « Pense » Monsieur Le Juge ?

Comment une secrétaire « intelligente » peut-elle espérer évoluer professionnellement dans un contexte qui n'est nullement propice à son épanouissement personnel, lorsque celle-ci est considérée comme une simple exécutante pour ne pas dire « bonne à tout faire ». Quand elle prend des initiatives, elle se fait taper sur les doigts, et quand elle n'en prend pas, elle se fait aussi taper sur les doigts. Moralité ?

Tout comme la profession d'avocat s'est adaptée aux exigences du monde moderne, le métier de secrétaire a subi de profonds changements et ne reflète plus l'image de la personne « bête » et superficielle qui se fait les ongles à longueur de journée.

Face aux technologies de pointe qu'elle doit maîtriser, elle a appris à fonctionner autrement, à penser différemment et à travailler de façon moins conventionnelle, en s'impliquant davantage dans la bonne marche de l'entreprise. Elle a dû apprendre à être opérationnelle et performante et surtout à tirer davantage profit de ses facultés intellectuelles en suivant des formations qualifiantes et diplômantes. La secrétaire du troisième millénaire non seulement est intelligente mais aussi cultivée (c'est bête à dire, mais les patrons n'ont pas tous compris) et elle possède au minimum un niveau d'études BAC + 2. De ce fait, elle est prédisposée à occuper un poste correspondant à ses compétences, et de préférence évolutif. Certaines, de par leur formation, sont naturellement ambitieuses et visent un statut de cadre. Or, dans la pratique, la situation est bien différente, car la contrepartie espérée au niveau notamment de la promotion sociale et professionnelle est loin d'être réelle, gratifiante ou valorisante, car la reconnaissance professionnelle tant morale que financière n'est pas à la mesure de l'investissement personnel, d'où la quête constante d'une meilleure situation ou l'envie de réaliser d'autres projets… même si d'après les statistiques le métier de secrétaire d'avocat est apprécié, car très enrichissant au niveau des contacts humains…

En fait, Laura avait l'impression d'être davantage une secrétaire « familiale » (bonne à régler les affaires personnelles de sa patronne) qu'une secrétaire juridique confirmée. Elle n'osait plus revendiquer son titre de « PREMIER CLERC ». A tort ou à raison… difficile de porter un jugement. Elle en avait marre de se battre d'abord pour se faire respecter, ensuite pour faire respecter aussi ses droits les plus élémentaires : ceux de la Convention Collective !

Combien de fois s'était-elle disputée avec le comptable de Me SCIENCE-INFUSE pour lui faire comprendre que les Secrétaires d'Avocats disposaient de droits conventionnels, et donc plus avantageux par rapport à la loi, comme par exemple, des salaires régulièrement négociés par les syndicats et revalorisés, le 13ème mois, les primes d'ancienneté, les points supplémentaires obtenus grâce à la formation, le calcul des congés payés en jours ouvrés, le maintien des salaires après 3 ans d'ancienneté en cas de maladie, l'indemnité de fin de carrière, un régime de retraite conséquent, un service social dynamique, etc… et bientôt les 35 heures à partir du 1er janvier 2002… Bref, de quoi envisager un véritable plan de carrière.

Que de conflits internes en perspective ! Laura ne supportait plus l'idée d'avoir à se battre pour réclamer des droits déjà acquis, comme si elle faisait l'aumône de son salaire. Elle n'avait plus envie de jouer dans la cour des grands… et encore moins au petit soldat, c'est à dire de brandir (seule) le drapeau rouge des secrétaires, comme en l'an mil sept cent citrouille : « NOUS VOULONS DES MACHINES LABOR ». De nos jours, la grève des « dactylos » prête à sourire. Et pourtant, elles étaient « cinq cents, cinq cents, tu la sens ? »…

Bref, aujourd'hui on attend bien sagement le défilé du 1er mai pour se ranger dans son camp ou suivre l'événement « sportif » en direct à la télé.

Georgette avait raison : les patrons s'amusent encore comme au temps de l'Empereur Néron : « Panem et Circenses » : il leur faut (juste) du pain et des jeux, un domaine et des esclaves pour l'heureux gagnant. « Ils sont fous ces romains ! ». Qu'en « Pensent » les défenseurs des millions de braves consommateurs ? Les Syndicats quoi !

Laura avait envie de s'amuser à son tour. Sylvie avait raison. Elle devait se recycler. Meneuse de revue ou vendeuse de bonbons…

En attendant, Dieu merci, la présence au cabinet de Maître PATIENCE INFINIE était une véritable bénédiction et apportait à Laura un certain réconfort (Science infuse sans Patience infinie n'est que ruine de l'âme) bien que Maître SCIENCE-INFUSE prenait souvent un malin plaisir à s'acharner sur elle, pour un rien, et ce malgré la présence d'autres confrères, des secrétaires et parfois même des clients… Le statut de collaboratrice, même Docteur en Droit, n'est pas non plus une sinécure. Elles n'ont pas le droit sans doute d'être supérieures dans l'exercice de l'Art, prérogative exclusive du Grand Maître. Laura avait quelques jeunes copines avocates qui, après quelques années de barre, étaient complètement désabusées… et le mot est faible. Certaines, définitivement écœurées, quittaient le Barreau assez rapidement. Mais Maître PATIENCE INFINIE, près de la cinquantaine, mère et déjà grand-mère, avait sans doute d'autres priorités dans la vie et n'avait jamais eu à souffrir du « complexe de Prométhée ». Grand bien lui fasse ! *Ne changez rien, Maître !*

Heureusement aussi, Maître QUI TENTE TOUT était là pour faire la contrebalance, sinon elle n'aurait jamais tenu le coup.

17. « Les jours se suivent et ne se ressemblent pas »

Le lendemain, Laura fut portée au firmament par Maître QUI TENTE TOUT, à tel point qu'elle se pinça à plusieurs reprises pour savoir si elle n'avait pas tout simplement rêvé sa journée.

Pour commencer, un gros bouquet de fleurs l'attendait sur son bureau. Une composition originale dont seuls les artisans fleuristes ont le secret. Laura bien sûr fut très « zémue » et encore plus quand elle lut la petite carte parfumée : « Tous les champs de fleurs du monde entier ne suffiront pas à vous témoigner notre profonde reconnaissance ». Signé : Monsieur et Madame « LE COUPLE DE L'ANNEE ».

Laura n'en revenait pas. Elle lut et relut les quelques mots. Elle n'avait jamais reçu de présent de la part de clients. Sauf de temps en temps quelques boîtes de chocolats à l'occasion de Noël, mais qui étaient offertes à l'ensemble du cabinet.

Il est vrai que Laura avait réussi à faire quelque chose d'assez exceptionnel, voire très rare, et qui méritait certainement une gentille attention. Elle avait réconcilié, tout naturellement, ce couple qui voulait divorcer. En principe, lorsque les clients prenaient rendez-vous avec un avocat pour ce type de procédure, leur décision était déjà mûrement réfléchie et il ne restait plus qu'à passer aux actes.

Mais là, dans le cas d'espèce, Laura avait pressenti une simple dispute entre amoureux. Ils étaient bien jeunes : le Monsieur 24 ans, la dame 22 ans. Et un enfant, déjà.

Laura avait joué avec eux au papa, à la maman, à l'amie, à l'assistante sociale, puis à l'avocat, au juge et même au curé. Et voilà, sa récompense. Une gentille attention. Laura était plutôt fière. Son Maître la félicita. En 20 ans de carrière, il n'avait jamais vu ça ! *La prochaine fois Laura, laissez-moi le temps d'encaisser au moins mes honoraires de consultation…* Pardon Maître !

Puis, toujours dans la famille DIVORCE, Laura dut rédiger (cette fois-ci pas moyen d'y échapper) une requête article 242. Pas de conciliation possible. La faute était imputable au mari. Maître QUI TENTE TOUT qui ne raffolait pas particulièrement des affaires civiles, laissait toujours le soin à Laura de rédiger les requêtes et assignations en divorce. Et quand il s'agissait de divorce pour faute, Laura trouvait toujours le mot juste, celui qui convenait le mieux à la situation et bien évidemment à la défense des intérêts du client.

Elle fut donc chargée du dossier de Madame « SOUFFRE-DOULEUR » contre son époux. En fonction des éléments fournis par son Maître, Laura rédigea tous les actes de la procédure et suivit le dossier de bout en bout, de l'acte introductif d'instance jusqu'à la transcription du divorce sur les registres de l'Etat Civil, en passant par toutes les étapes de la mise en état devant le Tribunal de Grande Instance. Laura eut même le privilège de rédiger les conclusions en vue de l'audience. Maître QUI TENTE TOUT étudia le dossier de plaidoirie au dernier moment et félicita encore Laura pour le travail qu'elle avait accompli.

— Merci Laura, vous êtes vraiment au top, vous ne pouvez pas vous imaginer le temps que vous me faites gagner.

Son Maître boucla son joli cartable, attrapa sa robe et vola vers le Palais de Justice à la rencontre de sa cliente, prêt à affronter l'adversaire.

Délibéré dans 1 mois. L'affaire n'était pas simple. Diverses mesures avaient été ordonnées par le Juge, dont une enquête sociale confiée à Madame « TOUTE OUIE » qui rendit son rapport sur 30 pages ! Les trois enfants (3, 6 et 9 ans) étaient fort perturbés... le mari non seulement tabassait régulièrement son épouse mais frappait également les enfants. Maître QUI TENTE TOUT s'opposa farouchement au droit de visite et d'hébergement sollicité par le père, à tel point que la « Jugette » n'aura aucun mal à rendre sa décision.

L'adversaire ne disposait d'aucun argument pour sa défense, si ce n'est de justifier son extrême violence par rapport au fait qu'il se trouvait au chômage depuis deux ans et que cette situation le plongeait dans une profonde dépression et provoquait chez lui des « sautes d'humeur » qu'il ne pouvait contrôler mais que « cela ne l'empêchait pas d'aimer sa femme et ses enfants ». Mais face aux multiples témoignages que Laura avait pu recueillir dans le dossier, sans compter les mains-courantes déposées auprès des services de Police, l'adversaire serait certainement débouté de ses demandes, même si Monsieur « GRANDE-GUEULE » avait demandé « Pardon » à la barre. Cela n'empêcherait pas la jeune Juge de statuer ce que de droit.

Tous les éléments étaient favorables à la cliente et il fallait absolument préserver les enfants. En principe, les Juges étaient sévères envers les parents qui abusaient de leur autorité, et surtout de leur force, envers leurs enfants. En tout cas, Maître QUI TENTE TOUT avait eu la chance de plaider le dossier devant une Chambre où la Juge aux Affaires Familiales avait une excellente réputation. En principe, Mademoiselle « DERNIERE VOLONTE » n'y allait pas de main morte et n'accordait à la partie condamnée que le droit de faire ses prières…

En tout cas, Maître QUI TENTE TOUT revint enchanté, avec une bonne impression d'audience, et remercia encore Laura de l'avoir assisté avec brio dans cette affaire.

Toutefois, depuis le temps qu'elle « pratiquait » l'avocat, elle avait le pressentiment que quelque chose le tracassait.

Laura qui communiquait facilement avec son Maître, lui demanda si tout allait bien.

Maître QUI TENTE TOUT lui avoua alors qu'il rencontrait un autre problème dans le même dossier, un fait nouveau, mais sans incidence sur le prononcé du divorce. Sa cliente lui avait appris au tribunal que le couple était à présent poursuivi par la banque et que leur maison, de ce fait, risquait d'être vendue aux enchères publiques, ce qui remettrait certainement en cause l'attribution à la mère de la jouissance du domicile conjugal.

Laura n'en croyait pas ses oreilles. L'affaire prenait un autre tournant et se compliquait gravement. La cliente avait supplié Maître QUI TENTE TOUT de trouver une solution à cette situation qui serait une véritable catastrophe pour la mère « SOUFFRE-DOULEUR ». C'était le seul bien qu'elle avait pu récupérer dans la bataille. Monsieur, gardait le bateau (la grosse vedette) et le cabanon (les pieds dans l'eau) dans les calanques de CASSIS.

Laura se pencha donc sur le dossier avec son Maître pendant des heures et des heures. Elle ne comptait pas son temps avec Maître QUI TENTE TOUT.

Les connaissances de Laura en la matière étaient fraîches. Laura avait adoré bosser tout ce qui concerne les voies d'exécution et la procédure de saisie immobilière. Il fallait arrêter le processus et trouver ensuite très rapidement une solution avec la banque.

Elle lut et relut le dossier, examina de près toutes les pièces remises aussitôt par la cliente. Elle refit l'historique de la procédure avec son Maître. A première vue, tout avait l'air régulier. Par acquit de conscience, Laura vérifia une nouvelle fois tous les délais. Elle fit travailler ses méninges pendant un long moment. Puis, tout d'un coup, elle poussa un tel hurlement que Maître QUI TENTE TOUT en lâcha sa plume et son cigare.

— Maître, Maître, j'ai trouvé, le créancier poursuivant n'a pas respecté les délais !

Maître QUI TENTE TOUT, complètement effaré, écouta les explications de Laura et se rendit compte très rapidement que sa secrétaire avait raison.

— Laura, vous êtes formidable, grâce à vous, la famille est sauvée !

Laura, heureuse, mais épuisée mentalement, à force de chercher, chercher et rechercher si vice de procédure il y avait, se défoula enfin. Elle se leva brusquement et se mit à danser en rond autour de la table et à produire des sons qui ressemblaient fort à des incantations de grand Manitou... Le Maître l'imita !

Ce fut une soirée de FOUS et pour Laura une journée à inscrire dans les annales, dont elle se souviendrait longtemps. Maître QUI TENTE TOUT l'invita au restaurant. Ils passèrent un moment merveilleux (en tout bien tout honneur).

Puis son Maître lui glissa un billet de cinq cents (tu la sens) dans la main pour qu'elle puisse prendre un taxi pour rentrer à CERGY-PONTOISE. *Merci Laura, merci.* (Non, tu n'as pas rêvé Laura).

En route, elle réfléchit encore une fois à sa situation. Si tous les avocats de la terre pouvaient ressembler à Maître QUI TENTE TOUT, le Monde de la Justice serait fantastique. Il n'y aurait plus de secrétaires au chômage. Tous les cabinets d'avocats seraient pris d'assaut.

Ce n'est malheureusement pas ce qui se passe aujourd'hui. Les avocats recherchent désespérément leurs « parfaites petites secrétaires », et de préférence, celles qui ont suivi la formation de Premier Clerc. Ou sont-elles, où se cachent-elles ?

Messieurs les Bâtonniers,

Si tous les Barreaux de France et de Navarre n'étaient pas si « peuplés d'avocats caractériels ou quérulents », les secrétaires ne seraient pas obligées d'en goûter plusieurs... avant de trouver le bon.

Formule testée et approuvée par quelques « grandes marques de secrétaires ».

18. « De la discussion jaillit la lumière »

Laura, angoissée, sans nouvelles de Didier depuis plus de deux semaines, téléphona à Marie-Ange, en lui racontant sa dernière soirée chez Carlo et le lourd silence de Didier durant le trajet.

Laura se rappela sa réflexion par rapport au fait qu'il préférait, lui, jouir pleinement de la vie, et c'est vrai qu'elle lui avait répondu sur un ton un peu sec qu'il était alors tout simplement un épicurien. Mais cela ne justifiait quand même pas son attitude. Il suffisait qu'il la remette en place, c'est tout ! C'est ce qu'elle dit à Marie-Ange.

Le ton de Marie-Ange monta immédiatement.
— Mais enfin Laura, tu l'as pris pour un con !

Laura très vexée répondit en bégayant :
— J'suis bien grosse moi, il peut bien… lui… être con !

Marie-Ange réagit violemment. Elle lança « The cri » ! Ouhououououh !
— Non, mais c'est n'importe quoi, je le crois pas, c'est quoi cette comparaison ? ! J'hallucine, mais qu'est-ce qui t'arrive Laura, eh bien heureusement que tu n'es pas sourde ou aveugle, sinon qu'est-ce que ça serait ! Mais enfin, réfléchis un peu !

Laura eut l'impression d'entendre Maître SCIENCE INFUSE et elle se mit en colère elle aussi.

— Et merde, tout ça parce que je me suis un peu trop emballée sur PASCAL, SOCRATE et ROUSSEAU ! Est-ce que c'est vraiment une raison pour me plaquer comme ça alors qu'ils sont tous morts ceux-là !

Marie-Ange prit le parti de ne pas rire et elle garda le même ton. C'était trop grave !

— Mais enfin Laura, c'est pas la faute à ROUSSEAU ! Tu l'as attaqué franco, tu as dû toucher un point sensible, alors que lui, il ne t'a jamais rien dit sur tes kilos en trop ! C'est ce qu'on appelle de la méchanceté gratuite. Tu as perdu la tête, ton sens de la Morale ! Tu vois, tu ne voles pas plus haut que les autres humains. Tu es stupide, aveugle, en plus, méchante ! Tu ne peux quand même pas le rendre responsable de ta grosseur, comme tu ne peux pas lui reprocher d'être con !

Méchante ! Méchante ! C'est tout ce que Laura avait retenu. Elle fondit en larmes !

— Excuse-moi Laura, excuse-moi… je ne voulais pas te blesser…

Laura raccrocha. Marie-Ange la rappela immédiatement. Cela se passait souvent comme ça entre elles.

— Ne raccroche pas Laura, écoute-moi…

— Quoi encore, qu'est-ce que tu vas encore me sortir ! dit-elle à bout de nerfs.

Marie-Ange prit sur elle et se radoucit.

— Ecoute ma Laura, écoute-moi, les choses sont simples, je sais bien qu'en ce moment… tu ne te sens pas sur le même pied d'égalité que Didier… mais ce n'est pas en le snobant que tu arriveras à perdre tes kilos… vous devez chacun faire des efforts… pour vous rejoindre… c'est ce qu'on appelle les « concessions » et c'est comme ça, au départ, dans la vie d'un couple : toi, tu dois te faire suivre dans ton régime parce qu'apparemment, tu disjonctes complètement, et lui, il ne doit pas se sentir mal à l'aise ou plus « con » par rapport à toi. Vous devez renoncer chacun à quelque chose, toi à te goinfrer, et lui aux choses superficielles… si c'est ça son véritable problème, mais j'en doute !

Laura écoutait toujours en sanglotant mais Marie-Ange poursuivit.

— Mais surtout, il ne faut pas qu'il y ait des concessions que d'un seul côté, parce que là, cela ressemble à des sacrifices et dans ce cas, ça ne marche pas. Il faut qu'il y ait un échange mutuel, un véritable consensus, un compromis quoi ! Jusqu'à ce que les concessions tombent d'elles-mêmes et que le véritable amour naisse entre vous. C'est là qu'on donne sans rien attendre en retour. Pour moi, c'est ça l'amour, le vrai.

Marie-Ange en connaissait un wagon sur la pratique de l'amour. En fait, Laura n'avait pas suffisamment vécu avec un homme et ne savait pas comment s'y prendre. Dans ce domaine, rien n'est inné. Laura découvrit enfin qu'il existait l'art et la manière d'aimer. On devrait apprendre aux enfants à l'école l'éducation sentimentale. Y aurait moins de divorces à l'arrivée !

Laura, encore une fois, dut convenir que son amie avait raison. Mais Marie-Ange s'excusa d'avoir ainsi secoué son amie, en lui disant même des mots qui avaient dépassé sa pensée. Non, Laura n'était pas méchante. Mais elle avait peur de l'amour, terriblement peur, et elle faisait des erreurs grossières. Mais c'est en forgeant qu'on devient forgeron. Marie-Ange la rassura longuement.

Laura se demandait pourquoi elle adorait tant son amie. Sans doute existait-il, comme en amour, des âmes sœurs dans l'amitié.

En fait, elles se complétaient remarquablement. Marie-Ange, le plus souvent expansive, exubérante, agissait avec plus de spontanéité, et parfois c'était le relâchement grave, et Laura, réfléchie, tempérée, agissait avec plus de réserve et de retenue, et parfois c'était la révolte grave !

Elles étaient pareilles, chacune avec leur spécificité certes, mais elles étaient toutes les deux à la limite de l'extraversion et de l'introversion. Quand elles débordaient d'un côté ou d'un autre, bonjour les dégâts !

Laura écouta enfin son cœur. Telle une « Pretty woman », elle se rendit d'un air déterminé au Barachois et monta directement dans le bureau du Big Boss, sous l'œil éberlué de Jean-Jacques. Elle ne le vit même pas !

19. « Les paroles s'envolent, les écrits restent »

Laura se tortilla dans tous les sens devant la porte d'entrée. Elle décida enfin d'entrer sans frapper. The Didi ferma les yeux un court instant dès qu'il la vit.

Laura avança, calmement, silencieusement, puis elle parvint à le regarder bien en face et à lui dire ce qu'elle s'était entraînée à lui dire, depuis 24 heures !

— Excuse-moi, mais je ne pensais pas que notre conversation de l'autre fois aurait pu te contrarier à ce point. J'ai dû sans doute être… maladroite… involontairement crois-moi, excuse-moi encore… ne m'en veux pas… tu sais, je ne cherchais pas du tout à faire du zèle ou à te convaincre de quoi que ce soit, chacun est libre de vivre comme il veut ou de croire ce qu'il veut… Pour moi, le plus important, c'est d'être fidèle à une même ligne de conduite et de privilégier la Connaissance, mais tout est relatif… on ne fait pas toujours ce qu'on veut… en fait, tout dépend de la vie qu'on mène, dit-elle bien humblement…

Didier n'ajouta pas un seul mot au plaidoyer de Laura. Un ange passa. *Silence, on tourne !* C'était la minute de vérité. Laura le savait. Qu'allait-il faire ? Laura attendait sagement tout en le scrutant. Allait-il enfin quitter son fauteuil de PDG ? Il avait l'air de réfléchir. Incroyable ! Laura, elle, était sur le point de défaillir. Puis en quelques secondes, tout bascula. Ils se retrouvèrent dans les bras l'un de l'autre. Opération du Saint-Esprit, loi de la nature ou magie de l'Amour ? ? Bref, ils s'abandonnèrent à cris et à « corps » perdus dans la joie des retrouvailles… et des longs baisers amoureux et langoureux.

The Didi ferma la porte, du pied. Laura, frémissante d'émoi, connut l'embrasement des feux de l'amour, version originale italienne…

Elle avait compris la leçon ! *« Aimer savoir est humain... savoir aimer est divin »* (Joseph Roux).

Après ce petit intermède – réjouissant – toujours dans les bras l'un de l'autre, Didier, ragaillardi, dit à Laura sur un ton sans réplique mais avec beaucoup de douceur :

— Pardon Laura, mais pour moi, la Connaissance c'est synonyme de Pouvoir et je suis contre tout ça, car je ne peux m'empêcher de penser que ça veut dire aussi Manipulation ! Pour moi, le plus important, c'est le Respect de l'être humain, la Liberté d'expression et d'opinion ! Je ne supporte pas de voir les pauvres gens confrontés au Pouvoir et à la Puissance de certains « dieux » qui privent les hommes de leur liberté fondamentale et de leurs droits de citoyens du monde. Pour moi, la Connaissance, ce n'est pas de tout savoir, mais c'est de pouvoir apprendre en toute liberté.

Puis, il alla retirer un grand cahier rouge de sa bibliothèque et le lui tendit en disant *« c'est ce que j'ai écrit en prison, j'aimerais que tu le lises »*.

Elle lut la première page dans le RER qui la ramenait à CERGY :

« A force de jouir des choses de la vie comme un simple épicurien dans les années quatre-vingt, je me suis retrouvé comme un con, en prison, un beau matin de Juin… ».

Laura ne put en lire davantage. Elle pleura discrètement dans le RER… Laura tint bon serré contre son cœur le manuscrit de son homme durant tout le trajet. Elle lut ses écritures en une nuit. Didier avait beaucoup voyagé entre 20 et 25 ans avec un bandit de grand chemin, un vrai, un dur, un pur, un tatoué… qui l'avait conduit tout droit en Maison d'Arrêt.

Elle comprenait à présent pourquoi il s'était tu et s'était retranché derrière cette attitude extrême, en l'occurrence ce long silence qui avait tant fait souffrir Laura. Didier était lui-même un écorché vif de la vie et lorsqu'il se sentait menacé ou attaqué, il réagissait un peu comme les autistes, il partait dans un autre monde, pour s'auto-protéger et se préserver. Il n'était pas encore guéri de la prison et des cachots… où il fut privé non seulement de sa liberté de citoyen mais également de sa liberté d'expression et condamné à la solitude et au silence ! Il réprimait alors sa révolte et ses mouvements de colère en se punissant lui-même. Il reproduisait involontairement ces scènes dans sa vie personnelle et intime ; il n'en guérirait jamais ! on avait bien « préparé » son esprit à la réinsertion ! C'est ce qu'il expliquait remarquablement dans son livre.

Laura réalisa qu'elle serait sans doute confrontée à d'autres situations où il aurait des réactions imprévisibles. La prison l'avait cassé et il lui restait encore des séquelles, notamment dans son comportement. Didier ne supportait plus qu'on l'agresse dans sa fierté et son honneur d'homme et il suffisait de pas grand chose ! Il valait mieux que Laura le sache !

Mais il valait mieux aussi que Didier apprenne à relativiser. Ce ne sont pas quelques « malencontreux » mots dits à tort et à travers qui prendraient le dessus et auraient le Pouvoir de les séparer ! On se quittait quand même pour des choses beaucoup plus graves que cela et il y avait plus grave dans la vie ! Bien que Didier ait déjà vécu le pire… avec en prime la maladie, la souffrance et la mort de sa femme, il ne supportait plus la moindre contrariété, surtout quand il devait en faire les frais juste à cause d'une femme ! Il n'avait plus envie de faire le moindre effort dans ce domaine. Ça passait ou ça cassait, sans plus !

Cependant Laura avait la conviction qu'on ne réglait pas les problèmes par la rupture, à coups de silence ou en faisant un repli sur soi-même… Il faut avoir le courage de se parler et de s'avouer mutuellement ce qui ne va pas afin que chacun essaie de comprendre l'autre, essaie de trouver des solutions et tente de s'améliorer. Voilà un bon compromis que Laura proposerait à Didier.

L'amour triompherait de L'OMERTA de la Prison ! Encore une loi du silence à rajouter dans le long recueil !

20. « Petit à petit, l'oiseau fait son nid »

C'était Noël et l'anniversaire de Jérémy. Laura ne pouvait pas concevoir de passer les fêtes autrement qu'en famille. Elle redescendait dans le Sud chaque année avec son grand garçon, pour cette occasion. Elle prenait toujours une large semaine de congé entre Noël et le Jour de l'An. Elle arrivait pour Noël et repartait après le 1er janvier.

Sauf que cette année 2000, elle devait la terminer en beauté et commencer le premier jour du siècle suivant avec The Didi ! Tout un programme !

Didier accompagna Laura et son fils à la gare de Lyon le 24 décembre. Ils se promirent de ne pas être tristes et d'être ensemble pour Noël prochain. En attendant, The Didi traça sur CHARTRES pour rejoindre sa fille et toute la famille BENVENUTI au complet.

Robin était enfin sorti de la clinique et il avait retrouvé une pêche de jeune homme pour le plus grand bonheur de Marie-Ange. Ils allèrent passer les fêtes chez Monsieur et Madame de LA NORMANDIE à ROUEN avec les jumelles et Bruno. Marie-Ange ne quittait plus son frère. Elle angoissait lorsqu'elle ne savait pas où il était et ce qu'il faisait. Elle faisait souvent des cauchemars… elle entendait les sirènes de « The Police »… Celle-ci ne s'acharnait pas uniquement sur les présumés innocents mais punissait également les familles qui, elles, étaient innocentes !

Jean-Jacques lui, passa un Noël émouvant avec sa famille. Il était seul, l'année dernière, errant comme une âme en peine dans les rues de la capitale. Il fit la fête avec les nombreux clochards de la ville ! Dieu sait si la misère existe à PARIS plus que partout ailleurs. Laura d'ailleurs a toujours été frappée par l'existence et la cohabitation singulière de tant de riches et tant de pauvres à la fois dans la seule capitale ! En Province, Laura avait l'impression qu'on s'occupait plus de la misère ou bien était-elle effectivement plus douce sous le soleil ! !

En tout cas, Laura, chaque Noël, pensait aux pauvres et ses parents invitaient toujours les quelques pauvres du petit village où ils habitaient à venir faire la fête avec eux. La mère de Laura s'occupait activement d'une association caritative dans la région et, telle mère, telle fille, Laura avait hérité de cette vertu que peu de gens possédaient : l'altruisme ! Laura pensait que chaque famille française un peu aisée devrait faire cette bonne action au moins à cette occasion. Un jour de bonheur par an, c'est rien, sur 365 jours… de misère ! Surtout pour les enfants ! Noël, c'est avant tout la fête de l'arrivée du petit Jésus, et donc la fête de tous les enfants.

Laura espérait fortement qu'un autre petit Christ viendrait un jour dire aux adultes d'arrêter de se déchirer entre eux sur terre !

En attendant le retour du Christ, Laura profita pleinement de la vie entourée de sa famille. Ses frères et ses sœurs furent heureux d'apprendre qu'elle avait une relation sérieuse et suivie avec un patron parisien, enfin italien, et Lucie, sa sœur cadette, celle qui fait du Droit, avec qui elle avait des liens particuliers, l'incita à continuer son régime et à prendre soin d'elle.

Et merde, ce satané régime, elle l'avait oublié. C'est dur de résister aux bons petits plats de maman ! Elle n'avait perdu que 3 kilos ces derniers temps, donc en tout, depuis septembre... plutôt octobre, 8 kilos. Le médecin qu'elle avait consulté lui avait dit que ce n'était pas la peine de se précipiter mais qu'il valait mieux qu'elle perde tous ses kilos plus lentement, mais sûrement. Elle avait aussi commencé à assister à un cours de gym avec Virginie. Ça lui plaisait, elle irait plus souvent.

En fin d'année, tout le monde prend toujours de bonnes résolutions pour l'année suivante...

Laura en l'occurrence, avait décidé de changer sa vie. Il fallait qu'elle change elle aussi de secteur d'activité, comme Robin, qui malheureusement, lui, avait été contraint par la force des choses. Laura, elle, avait encore le libre choix (de faire le bien ou le mal...). Elle savait qu'elle ne pourrait pas faire carrière chez les avocats, c'était pas son truc (ou bien elle ne travaillerait qu'avec sa sœur ou avec l'avocat de ses rêves...). Elle réalisa qu'elle n'était pas faite non plus pour les blouses blanches. Elle le dit à Marie-Ange, qui en définitive, tout bien réfléchi, resterait à l'hôpital (elle était passée Major). Elle ne pouvait pas abandonner, elle, ses malades à l'hôpital, ni abandonner Laura à son triste sort.

Elle parla de Laura à Thierry, son frère aîné, qui tenait une grande librairie à PARIS Saint-Cloud. Marie-Ange connaissait la passion de Laura pour la littérature... Marie-Ange insista auprès de son frère pour qu'il prenne Laura au moins à mi-temps, histoire de larguer progressivement les Docteurs d'Etat en Droit. Thierry accepta, sans problèmes, comme Didier l'avait fait pour Robin...

Laura pensa qu'il y avait finalement une justice, mais que ce n'était pas forcément celle des dealers de lois...

Elle irait donc travailler le matin chez Thierry et elle continuerait à bosser à mi-temps pour le seul Maître QUI TENTE TOUT. Elle affronterait Maître SCIENCE INFUSE à la rentrée pour lui annoncer son intention de la quitter. C'était finalement le seul point noir dans les vacances de Laura !

Autre événement de fin d'année : la rencontre de Jérémy avec Aurélie, la fille de Jean-Jacques. Son fils avait eu l'occasion d'animer une soirée au Barachois pour les 10 ans de RADIO NUMBER ONE. Aurélie était là et Jérémy est tombé amoureux fou de la jeune fille. Mais Jérémy avait lui aussi son point noir : Aurélie ne voulait pas partir à MAYOTTE mais pire (si on veut), retourner vivre en Amérique, en FLORIDE, avec les dauphins.

Laura pensa que son fils, sur ce coup là, n'avait pas eu de chance. Entre son père, parti vivre avec les lions en Afrique et sa future-ex fiancée qui voulait aller nager avec les dauphins en Amérique, Laura pensa que cela n'irait pas loin avec Aurélie, à moins que Jérémy quitte le territoire français et aille s'installer avec Aurélie en Amérique, ce qui n'enchanta guère Laura au premier abord. Elle préférait que son fils se marie vraiment avec Sandy ou Sandra, ce serait plus « pratique » ! Mais le destin est malin !

En attendant, Jérémy avait le cœur solide et savait cacher admirablement ses sentiments. Il souffla ses 20 bougies, le cœur en fête, certainement à cause du cadeau que lui avait offert sa maman : elle avait loué pour le week-end une AUDI A3 pour son petit homme. En place, « The Maman » !

Il y aurait donc beaucoup de changements l'année prochaine. En tout état de cause, Laura finirait par se fixer définitivement. Elle avait enfin décidé de poser ses valises pour son Didi.

21. « Le soleil luit pour tout le monde »

Ils se donnèrent rendez-vous le 31 décembre 2000 à minuit à hauteur du dernier numéro de l'avenue du Barachois, côté quai. Laura eut juste le temps de sauter dans un taxi à Paris Gare de Lyon. Elle revenait le jour même de NICE.

Elle put enfin comprendre pourquoi elle aimait tant voir passer les bateaux-mouches ! C'était déjà un signe, un clin d'œil du destin. Celui-ci portait un nom : « Le poète de Dieu » !

Elle le suivit, muette, docile et passive, comme une jeune fille de 20 ans, jusqu'à la chambre du capitaine. Elle se retrouva dans ses bras comme de la pâte à modeler, telle une poupée de chiffon prête à faire tout ce qu'il avait envie de faire… Il pouvait la tourner et la retourner ou appuyer sur tous les boutons. Tout marchait à merveille, SANS PILES ! The Didi la prit directement, sans plus de préliminaires, d'abord très lentement, doucement, délicatement, en lui murmurant dans le creux de l'oreille *« Je te promets le miel de ma main qui te touche... Je te promets la clé des secrets de mon âme... Je te promets une histoire différente des autres... »* (Laura adorait ça). Puis très vite, elle retrouva la mélodie et ils dansèrent allègrement sur les mêmes ondes. Ils virent les étoiles en même temps. Ils firent l'amour toute la nuit, en faisant tout ce qu'on pouvait faire en une nuit : l'amour, plus d'une fois, parler, rire, chanter, crier, tomber du lit, tout faire sauter et refaire le monde, boire du champagne pour la nouvelle année, manger puis enfin dormir en paix avec soi-même !

« Oh, soutiens-moi, porte-moi à bout de bras,
faire l'amour ça sert à ça ;
Oh, soulève-moi, serre-moi fort,
prends-moi au creux de ton corps,
Fais pleuvoir les perles d'or, cris multicolores »

Balavoine

Le lendemain, le soleil ne se leva pas. Laura était partie dans « les Alléluias graves » ! Elle n'entendit même pas les cloches de Notre Dame de Paris sonner. Elle était pourtant aux premières loges !

Elle se réveilla en fin d'après-midi. Elle était seule dans la cabine. Elle découvrit le décor – somptueux – et une feuille blanche, pliée en quatre, posée sur la table de nuit. Cela ressemblait à un petit papier du bon Dieu. Elle l'ouvrit, sans crainte. Il avait dessiné une rose et avait écrit dessous ces quelques mots : « Ma Laura, je veux vivre avec toi et former une vraie famille avec Monie et Jérémy. Je t'aime ».

Elle ferma les yeux… Elle vacilla. Elle vivait un instant magique, un « ainsi soit-il ».

Elle alluma la chaîne hi-fi, histoire de réagir. Elle entendit un de ses gospels préférés : « Oh happy days… Oh happy days !… ». Décidément, le bonheur la poursuivait !

C'était enfin le signe qu'elle attendait. Ce fut comme une révélation : elle comprit qu'il existait une troisième catégorie de femmes parmi les belles et les moins belles :

ce sont celles qui portent le nom d'âmes sœurs et qui sont les seules à apporter le véritable équilibre. Et dans cette catégorie, peu importe le physique ! Laura avait raison ! Le soleil luit pour tout le monde, les handicapés, les beaux, les moches, les gros, les maigres, les aveugles, les sourds... Ils se reconnaîtront et approuveront.

Laura n'était pas au bout de ses surprises et de ses émotions, puisque The Didi envisageait de faire venir de LONDRES, uniquement pour elle, THE GOSPEL'S GHOST en l'église SAINT-MICHEL, le jour de son mariage avec Laura, qu'il avait déjà programmé pour le mois d'octobre (le même jour que l'anniversaire de Monie).

En place, The Didi !

(Laura comprit enfin tout le sens du mot aimer. C'est pratiquer 24 heures sur 24 le plus beau métier du monde. Pas besoin de diplôme pour ça, ni de Convention Collective. Elle avait enfin trouvé le bon patron).

22. « L'Amour est un long fleuve tranquille » *(4 440 km)*

Le téléphone portable de Laura sonna. *« Vous avez 4 nouveaux messages ; pour écouter vos messages, tapez sur 1 ».* Laura appuya de bon cœur sur le n° 1.

« A minuit une minute : Maman, bonne année, et surtout ne casse pas le lit, je t'appellerai ce soir vers 20 heures, j'espère que je ne dérangerai pas... Je te fais de gros bisous. Je t'aime. Ton bébinou ».

« A minuit 2 mn : C'est moi, bonne année ma Laura. Je crois que tu tiens enfin la bonne ! Alors comment s'est passé le premier jour de l'année avec ton épicurien ? J'espère qu'il a été à la hauteur... de tes espérances. Je te fais plein de gros bi. Je t'appellerai ce soir. Ciao. »

« A 10 h 10 mn : Bonjour, c'est maman, je te souhaite une bonne et heureuse année ma chérie. Je sais ce que tu souhaites et j'espère que tu l'auras. Je t'embrasse très fort ainsi que papa et toute la famille. A bientôt ma chérie. »

« A midi : Bonjour mon ange, j'espère que tu as vu mon petit mot... Bon, je suis bloqué au Barachois au moins jusqu'à 2 heures du matin. C'est la fête ici, matin, midi et soir. Fais comme chez toi. Tu trouveras ce que tu veux dans le frigo. Je viendrai te rejoindre dès que je serai libéré. Si tu veux sortir, ou si tu as besoin de quoi que ce soit, appelle Carlo, il t'enverra quelqu'un. J'essaierai de

t'appeler dès que j'aurai 5 mn. Je t'aime très fort. A tout à l'heure ».

Il y avait aussi un texto : *« Je t'aime. Didi. »*

Laura décida d'envoyer un texto à Didier pour ne pas le déranger en plein travail et de rappeler son fils, sa mère et Marie-Ange après avoir pris un bain dit « relaxant » dans la baignoire toute ronde du Maître des lieux. Elle avait du mal à croire que The Didi vive sur un bateau-mouche ! Et pourtant, tout le laissait croire. Il y avait des photos de famille et des tableaux de sa femme un peu partout.

Laura se dispensa des services de Carlo. Elle n'avait besoin de rien. The Didi avait tout prévu. Déformation professionnelle oblige ! Elle n'éprouva pas non plus le désir de sortir dans la capitale. Elle fit juste le tour du bateau, qui s'avéra être en fait une péniche ! Dans la nuit, tous les chats sont gris ! Il y avait pourtant plusieurs rangées de sièges installés à l'avant du bateau, comme si c'était un bateau de promenade. Elle constata qu'elle n'était pas seule à bord. Un jeune matelot était en train d'astiquer les boiseries. Il lui fit un signe de tête. Laura lui fit un signe de la main. Elle se sentit quelque part rassurée.

Elle remarqua alors d'autres péniches qui étaient amarrées tout le long du quai. C'était le parking des péniches ! « Le poète de Dieu » n'était pas seul. Il était accompagné de « La volonté divine » et de « L'œuvre de Dieu » avec aussi des sièges à l'avant. Laura trouva tout cela assez surprenant pour ne pas dire troublant. C'était une véritable démonstration de religion, la flotte de Dieu ! Ce n'était pas la tasse de thé de Didier. Laura le savait. Ça faisait plutôt style-genre « secte ». Laura eut un frisson et retourna à la chambre du capitaine. Il commençait déjà à faire nuit.

Didier appela enfin Laura vers 19 heures. Elle était en train de terminer la lecture de « L'Alchimiste » (!). Didier lui avait recommandé d'emporter livres et bagages, parce que premièrement, il savait que Laura ne le reverrait pas avant le milieu de la nuit et trouverait le temps long, et deuxièmement, parce qu'il l'emmenait en croisière sur la Seine le lendemain, et cela Laura ne le savait pas. C'était le cadeau de The Didi. Laura pensait reprendre le boulot dès le 2 janvier 2001 et affronter Maître SCIENCE-INFUSE ! Eh bien non, The Didi comptait l'enlever, au moins pendant 2 jours !

— Bonjour toi, est-ce que ça va ?

— Bonjour… oui, tout va bien, tu me manques…

— A moi aussi Chérie… Tu as eu tous mes messages ?

— Oui, bien sûr. J'ai lu aussi ton petit mot…

— Et qu'est-ce que tu en penses ?

— Que du bien Didi, que du bien…

— Et c'est tout ? !

— Non, c'est pas tout, mais je te donnerai ma réponse ce soir… Tu vas rentrer tard ?

— Oh, je pense qu'on aura terminé vers 1 heure ou 2 heures du matin, je suis désolé pour toi Chérie…

— C'est pas grave, c'est pas grave… sauf que demain je bosse, tu comprends… et il faut qu'on s'arrange pour…

— Oui, je sais, mais t'inquiète pas pour ça, c'est pas un problème !

— J'aimerais bien que ce ne soit plus un problème…

— Qu'est-ce que tu fais actuellement ?

— Je lisais… mais dis-moi, c'est vraiment ta maison ici ?

— Ben oui, je te l'ai déjà dit.

— Tu sais, il y a d'autres bateaux à côté… qui portent des noms un peu dans le même genre que le tien…

— Oui, je sais, ils appartiennent à mes frères.

— Tu as un autre frère !

— Oui, Dominique, il est en Italie pour le moment. Ecoute Chérie, on parlera de tout ça ce soir, ok ?
— Ok, bon courage alors, à tout à l'heure.
— Oui, je t'embrasse, tu m'aimes ?
— Oui, bien sûr !

Laura pensait qu'elle était quand même tombée dans une drôle de famille et elle espérait qu'elle n'aurait pas de mauvaises surprises. Elle se trouvait là comme une princesse sur une péniche grand luxe à se vautrer dans des draps de satin et à attendre le poète ! Elle n'aurait jamais pensé se retrouver dans un tel cadre ! Quoique beaucoup de gens à PARIS devaient vivre sur des péniches. Il n'y avait là rien d'extraordinaire ou rien d'impossible. Mais ce qui dérangeait Laura, c'était de se voir tout d'un coup plongée dans un univers qui n'avait rien à voir avec le sien, totalement différent de son train de vie quotidien de banlieusarde… Elle s'interrogea quelque peu. Laura était prudente par nature et elle ne s'aventurait qu'en terrain de connaissance. Là, elle perdait un peu pied. C'est le moins qu'on puisse dire.

En tout cas, elle était sûre d'une chose. La famille BENVENUTI était une famille de bosseurs ! Didier était plutôt amarré au Barachois. Heureusement, il avait pu être libre la nuit de la Saint-Sylvestre ! Un gros Comité d'Entreprise avait loué le fonds pour toute la nuit et ils avaient engagé leur propre D.J., ce qui permit à Didier (et à J.J.) d'aller faire la fête ailleurs. Ils ne laissèrent sur place que deux hôtesses d'accueil.

En attendant le retour de Didier, elle téléphona aux uns et aux autres, acheva enfin la lecture du livre qu'elle lisait depuis 4 mois qui la laissa bien songeuse… Elle regarda la télé… Puis elle s'endormit.

Lorsque The Didi rentra, totalement épuisé, il ne la réveilla pas et se lova tout contre elle jusqu'au petit matin.

Quand Laura se réveilla le lendemain, ils étaient déjà loin de PARIS. Didier, la veille, avait donné ses instructions à l'équipage pour larguer les amarres dès l'aube.

Dès que Laura ouvrit les yeux, elle vit son Didi et sentit son corps blotti contre le sien. Il dormait du sommeil du juste. Elle le regarda longuement, pensive. Quel bel homme ! Puis, réalisant qu'il était plus de 7 h 30, elle pensa à son boulot et se dit qu'il était grand temps qu'elle se prépare !

Une fois sur pied, elle eut une étrange sensation, comme un flottement… Elle tira précipitamment les rideaux. *Mon Dieu, c'est pas possible, le bateau n'est plus à quai !* Ils se trouvaient en rase campagne ! Laura paniqua.

Son premier réflexe fut de réveiller Didier. Elle le secoua d'abord avec une certaine précaution… puis sans ménagement ! Elle prit peur, où l'emmenait-il ?

Didier se frotta les yeux.
— Didi, Didi, le bateau est parti, regarde, on a quitté Paris !
— Oui, je sais mon ange…
— Comment, j'comprends pas, explique-moi !

Didier se redressa dans le lit et eut plutôt du mal à la calmer. Il dut la prendre par le bras et tenta de la rassurer en lui disant :
— T'affole pas chérie, c'était prévu…
— Comment ça c'était prévu, mais tu ne m'as rien dit !

— Je voulais te faire une surprise Laura, je t'emmène en croisière sur la Seine pendant deux jours, c'est mon cadeau de Noël !

Laura resta bouche bée puis commença à bégayer.
— Mais… mais, je ne peux pas partir comme ça Didi… Je… je dois aller travailler et puis… il y a Jérémy !

The Didi posa son index sur la bouche de Laura et dit avec assurance.
— Ecoute Laura, c'est simple : tu as mangé trop de chocolats, tu es tombée malade, tu es encore chez tes parents à Nice, et puis c'est tout. Quant à Jérémy, tu l'appelles, tu lui dis que tu es partie en croisière avec moi et je pense que ce sera le premier à te souhaiter bon vent et bon voyage !
— Mais je vais être ennuyée… à cause de mon travail… dit-elle complètement désorientée…

The Didi la prit dans ses bras, lui caressa les cheveux et lui chuchota à l'oreille :
— Ecoute mon ange, il n'y a pas que le travail dans la vie, le plus important, maintenant, c'est toi et moi, tout le reste, c'est secondaire ; il ne te fait pas plaisir mon cadeau, tu ne veux pas partir avec moi, je me suis arrangé exprès pour être seul avec toi pendant deux jours !

Laura se retira de son étreinte et lui dit avec un petit sourire :
— Tu es fou !
— De vous, Madame !

Il se mit à l'embrasser, puis à la faire rouler sur le lit. Laura commença à rire de la situation et à se dire qu'après tout, elle méritait bien deux jours de plus de congé. Elle remercia enfin Didier de cette délicate attention. Mais elle ne put s'empêcher de lui dire :

— Je rêve Didier ! Pour moi, tu sais, c'est un vrai conte de fées, et j'ai peur de me réveiller demain... et d'avoir mal, tu comprends ça ?

— Laura, je suis l'homme de ta vie, celui que tu n'as pas encore eu et que tu n'auras plus jamais à attendre. Je suis arrivé mon ange, je suis là, avec toi. Je t'aime et je ne te quitterai plus. Epouse-moi Laura !

En guise de réponse, Laura éclata de rire. Elle trouva en effet la situation plutôt comique, car un peu trop théâtrale ! Mais The Didi n'avait pas l'air de plaisanter et elle se ravisa rapidement pour ne pas réveiller en lui sa susceptibilité. Elle fit mine de réfléchir. Puis Didier, languissant, comprenant que Laura avait du mal à réaliser, se fit plus convaincant :

— Excuse-moi Laura, je ne sais pas trop comment il faut te dire ces choses là, je sais que pour toi ce n'est pas évident en ce moment... tu penses peut-être que c'est un peu trop rapide tout ça... mais je veux que tu saches que je suis véritablement sincère avec toi... que j'ai vraiment envie de faire ma vie avec toi... enfin ce qu'il en reste...

Elle préféra cette version, plus simple, moins « en emporte le vent », plus authentique à son goût, qui résonnait plus juste dans sa tête, tant et si bien que Didier finit par apprivoiser définitivement sa rebelle, à tel point que la douce Laura se mit à fondre en larmes. The Didi posa des baisers sur ses yeux humides, puis des baisers un peu partout... et même sur ses pieds ! Waouh ! Personne n'avait jamais daigné embrasser les pieds de Laura ! Il referma les rideaux et lui fit l'amour avec toute la force de son âme.

Laura rouvrit les rideaux. C'était fantastique. Le paysage défilait lentement. Le temps s'était arrêté. Didier s'était de nouveau assoupi. Elle en profita pour aller faire sa toilette, s'habiller et sortir.

Elle tomba très vite nez à nez avec un gros chien noir, style dogue allemand. Elle resta muette et tétanisée. Un matelot vint rapidement à sa rencontre.

— N'ayez pas peur Mademoiselle, il ne vous fera aucun mal, il s'appelle Yvane, vous pouvez lui parler, dit-il en caressant le chien.

Laura sourit à la bête en murmurant :

— Bonjour le chien… je m'appelle Laura.

Puis Yvane s'en retourna, rassuré.

Le matelot invita Laura à le suivre afin de lui offrir un petit déjeuner complet. Elle salua au passage d'autres matelots. Ils étaient au moins 5 ou 6 à bord. Ils étaient loin d'être seuls !

Laura se fit servir comme une petite reine. Apparemment, Paolo était chargé de veiller sur elle. Didier vint la rejoindre une heure après sur le pont, après avoir fait la bise à tout le monde, même au gros chien, qui le suivait pas à pas.

— Tout va bien chérie ? dit-il en lui donnant un baiser rapide sur la joue.

— Oui… mais… tu devrais peut-être appeler mon bureau pour dire que je suis malade…

— T'inquiète pas pour ça mon ange, c'est déjà fait.

Laura fut stupéfaite. The Didi avait une façon de tout régler, tout diriger qui la mettait toujours devant le fait accompli. Elle n'avait rien à redire, soit, mais elle n'avait pas l'habitude que l'on prenne, comme ça, sa vie en main. Laura n'était pas du tout le genre de fille « assistée ». Mais elle reconnut bien volontiers que c'était quelque peu reposant. Elle en avait besoin, surtout en ce moment. Elle donna donc carte blanche à Didier.

Mais quelque chose tracassait Laura et elle voulut en avoir le cœur net sans plus attendre.
— Dis-moi Didi, c'est toi qui as choisi le nom du bateau ?

Didier s'était préparé à cette question.
— Oui, non… en fait, c'est une longue histoire… mon frère Dominique, que tu ne connais pas encore, c'est un ex-curé… il a quitté la robe et s'est reconverti disons d'une autre façon, dans l'humanitaire. Un vieux du pays, sans femme ni enfants, lui a légué sa fortune en lui faisant promettre de s'en servir pour venir en aide aux enfants défavorisés. Il a donc acheté, aux enchères publiques, ce bateau là et les deux autres que tu as vus ; il les a baptisés et leur a donné à chacun un nom en respectant les dernières volontés du vieux…
— Waouh ! c'est une belle histoire ! Je commence à comprendre, s'exclama Laura complètement subjuguée et quelque part… soulagée.

Didier poursuivit, fier de raconter l'histoire.
— Dominique a voulu qu'on élise domicile sur les bateaux. Il m'a donné à moi « Le poète de Dieu », parce qu'il a toujours su que j'étais un grand romantique. Il fit un clin d'œil à Laura. Il a donné à J.J. « La volonté divine » parce qu'il est toujours en train de dire « qu'est-ce que j'ai fait au bon Dieu » et il a gardé pour lui « L'œuvre

de Dieu ». Et donc, il organise régulièrement des sorties pour les enfants malades, les enfants handicapés, les enfants défavorisés, etc…

Le cœur de Laura était à tout jamais conquis. Plus aucun doute, elle était tombée dans « The BONNE FAMILLE ! »

Laura était manifestement ravie de tous ces concours de circonstances. Elle avait la conviction à présent que la vie prenait sa source dans une histoire écrite au fil du temps, par une succession d'hommes et de femmes, et que tout se recoupait à un moment donné pour donner naissance à un être, qui avait pour mission de donner une libre orientation à son propre destin et de poursuivre l'histoire !

Certains mouraient en héros, d'autres tâchaient inlassablement de les imiter.

Or, chaque être est unique et doit apporter quelque chose de nouveau pour le prochain !

Dans tous les cas, il faut se dépasser, sinon l'histoire s'arrête et le destin, malin, n'a pas de temps à perdre ; il va chercher ailleurs sa légende ! Il ne s'agit pas de régresser mais d'évoluer ! Même si c'est « lentement, mais toujours en avant » ! (c'est la philosophie des fourmis…).

(Laura et Didier vécurent deux jours mémorables et comme tous ceux qui s'aiment, ils se donnèrent l'un à l'autre, pour le meilleur, et non pour le pire, qu'ils laissaient à présent derrière eux).

23. « Plus de peur que de mal »

Laura pénétra dans le bureau de Maître SCIENCE-INFUSE en essayant de ne pas montrer son appréhension.

— Je vous écoute Laura, qu'est-ce que vous avez de si urgent à me dire ? dit-elle sur son ton habituel, c'est à dire caustique, sarcastique, sardonique…

Laura ne se laissa pas déstabiliser. Elle se sentait plus sûre d'elle-même et plus forte depuis qu'elle était amoureuse !

— Voilà… J'ai beaucoup réfléchi à ma situation professionnelle. Je voudrais d'abord vous remercier pour la patience que vous avez eue avec moi et de m'avoir gardée chez vous… mais je crois franchement, après avoir fait le tour de la question, que je ne suis pas faite pour ce métier… et je voudrais tout simplement vous annoncer mon intention de démissionner…

Maître SCIENCE-INFUSE ne fut pas étonnée et dit même à Laura sur un ton mielleux, à moitié sympathique, à moitié ironique :

— Mon Dieu Laura, je n'avais jamais osé vous le dire, mais j'ai tout de suite compris moi, que vous n'étiez pas faite pour travailler chez des Avocats. Mais ne vous inquiétez pas, je ne vous ferai aucun problème, vous êtes bien entendu libre de partir. Par contre, vous vous occuperez de recevoir les candidates à votre poste, vous comprenez… je ne veux pas n'importe qui !

— Oui bien sûr, je comprends tout à fait. Vous pouvez compter sur moi Maître. Par contre, je dois quand même vous dire que je travaillerai encore un moment chez Maître QUI TENTE TOUT parce que le poste que j'ai trouvé par ailleurs, à mi-temps pour l'instant, le matin donc, ne débouchera sur un temps complet qu'à partir de septembre.

— Pas de problèmes Laura, je comprends. Et qu'est-ce que vous allez faire alors ? dit-elle sur un ton très détaché.

— Je vais travailler comme vendeuse dans une librairie.

— Ah... Vendeuse ! dit-elle en hochant la tête – nullement convaincue –, ça c'est un métier intéressant Laura, qui certainement vous conviendra mieux.

— Oui, c'est ce que j'espère Maître.

Laura, soulagée, regagna sa place sous le regard anxieux de ses collègues.

— Les filles, je vous quitte !

— Ouais ! Génial ! on va pouvoir enfin boire le champagne, félicitations Laura !

Elle connaissait suffisamment ses collègues pour savoir qu'elles étaient sincèrement contentes pour elle.

Laura se félicita elle-même d'avoir su comment présenter les choses à sa patronne. Elle était quasi certaine de sa réaction. Elle aimait trop jouir du sentiment de victoire et du pouvoir qu'elle pouvait exercer sur les pauvres secrétaires. S'il n'y avait que ça pour la rendre heureuse ! Laura, de son côté, savourait également sa victoire, celle d'avoir une paix royale pendant ses deux mois de préavis !

Laura dénicha pour Maître SCIENCE-INFUSE une véritable perle rare : une vraie sténo-dactylo version année 1950 ! Il en existait encore quelques-unes.

Le jour de son départ, ses collègues organisèrent une petite fête en son honneur. Maître SCIENCE-INFUSE vint les rejoindre et offrit, oh miracle, un cadeau à Laura : c'était un ordinateur portable ! Laura pleura. Elle ne comprit pas. Mais remercia la grande Avocate et tous les Maîtres de la Science Infuse… Elle se réconcilia enfin avec les dieux.

Laura apprit bien plus tard, par sa perle rare, que Maître SCIENCE-INFUSE s'était beaucoup « radoucie » et qu'à force de voyager et de connaître monts et merveilles dans les îles paradisiaques, elle avait elle aussi rencontré, sur la route du « hasard », l'amour, et s'était petit à petit métamorphosée. C'est tout « le mal » que Laura pouvait souhaiter à sa patronne. Comme quoi, seul l'amour fait vraiment des miracles !

Laura était persuadée à présent que si l'homme n'arrivait pas à concilier Amour et Pouvoir, il échouait en tout !

Laura continua à suivre les exploits judiciaires de cette avocate très médiatisée. Elle savait que Maître SCIENCE-INFUSE était un défenseur acharné des grandes et nobles causes et qu'elle excellait dans son art. Elle éprouvait certes beaucoup d'admiration pour cette femme qui avait le courage de se battre, parfois à ses risques et périls, contre tous les rouages de la Justice au nom de la Liberté et qui réclamait la clémence et l'indulgence des Juges. Mais dans cet engrenage, on oubliait souvent le travail considérable des secrétaires d'Avocats qui, elles, ne réclamaient qu'une chose auprès de leurs employeurs : un peu plus de tolérance si ce n'est un peu de reconnaissance, voire de respect ! Bigre !

24. « Amour, quand tu nous tiens »

C'était l'anniversaire d'Aurélie. La famille BENVENUTI fêta dignement la majorité de la jeune fille.

Toute la famille se réunit à CHARTRES dans la demeure familiale. Outre Aurélie, étaient présents, J.J., Linda, leur fils Pascal, Dominique, qui était revenu d'Italie, The Didi, Monie, et bien sûr Laura ainsi que Jérémy, plus les copines et les copains d'Aurélie. Bref, beaucoup de monde !

Laura avait été très rapidement agréée par la famille ainsi que son fils. Future Belle-Maman la couvait. Laura avait su, là aussi, faire preuve de diplomatie pour que le relais Victoria/Laura se fasse dans les meilleures conditions. Mais Laura avait affaire à une famille de cœur et elle ne ressentit pas la nécessité d'employer les grands moyens.

Laura eut l'occasion de se retrouver en tête-à-tête avec Linda et de savoir réellement ce qui avait motivé J.J. pour récupérer sa femme et surtout de connaître en fait la vérité sur la personnalité de J.J.

Linda avait beaucoup de respect et une sorte d'admiration pour Laura et elle le lui dit d'ailleurs très naturellement, ce qui flatta et toucha énormément Laura. C'est grâce à Laura en effet que J.J. réalisa qu'il venait de commettre la plus grosse erreur de sa vie – de s'être disputé violemment avec Linda – à la suite de quoi celle-ci avait fait ses valises et pris 3 billets d'avion pour les Etats Unis pour elle-même et ses deux enfants.

Linda avait sans cesse droit à des scènes de jalousie de plus en plus poussées, jusqu'au jour où, devenu littéralement fou furieux, il se mit à hurler dans la maison et à la traiter de tous les noms d'oiseaux et de… salope !

A dire vrai, Linda pouvait être classée dans la catégorie des belles filles. C'était une métis, d'un père américain d'origine africaine (Sénégal) et d'une mère américaine d'origine indienne (Alaska). Imaginez le mélange ! Une vraie bombe ! Elle avait surtout un physique de rêve et une cambrure de reins à nulle autre pareille… de quoi rendre fous tous les hommes de la planète ! Les BENVENUTI l'avaient embauchée au Barachois, dans un premier temps, comme hôtesse d'accueil, puis très vite, J.J. en était tombé amoureux et en fit une mère au foyer modèle, mais de là à être une « salope », fallait pas pousser !

Bref, Linda, à bout de nerfs, ne pensait pas mériter ce traitement. Comme tout être humain normalement constitué, elle avait craqué et, sur un coup de tête, elle était repartie en Amérique chez sa famille en faisant savoir à J.J. par l'intermédiaire de son Avocat qu'elle demandait le divorce.

Et c'est la que « les Athéniens atteignirent », en l'occurrence Laura. C'est la discussion qu'elle avait eue avec lui concernant le sentiment de la jalousie dans les couples qui avait déclenché chez J.J. une espèce d'électrochoc qui eut pour effet de remettre ses idées en place et de lui faire comprendre immédiatement ce qu'il y avait lieu de faire.

— Tu sais, ton opinion sur la jalousie a éclairé Jean-Jacques et l'a définitivement guéri de cette maladie sournoise qui affecte la plupart des couples. Il m'en a parlé d'une façon tellement époustouflante qu'il a réussi à me convaincre de revenir. C'est grâce à toi Laura et je ne saurai jamais comment te remercier.

— C'est rien, c'est rien, le principal, c'est que vous reformiez aujourd'hui une vraie famille.

Il est vrai qu'elle avait abordé avec J.J., dans leurs conversations interminables au téléphone, les différents dangers qui guettaient, menaçaient et détruisaient en général les couples. Mais Laura était loin de penser que cette discussion sur ce thème précis aurait un tel impact sur Jean-Jacques. Comme quoi, la conversation constructive, entre dialectique et maïeutique, s'avérait UTILE, du moins en ce qui concerne « The J.J. » !

Laura avait en effet des idées très arrêtées sur ce sentiment qui obsède la plupart des humains et qui fait que les hommes et les femmes se déchirent… pour un bout de chair… Etait-ce bien raisonnable ?

Laura, encore influencée par un Maître – spirituel cette fois-ci – partait du principe qu'il ne faut jamais considérer son mari ou sa femme comme sa propriété, sinon on se dirige tout droit vers un mur de contradictions et toute une série de malentendus, parce qu'il arrive toujours un moment où on s'aperçoit que cet être est LIBRE !

Le mariage est une bonne chose, certes, mais pour ne pas souffrir du sentiment de Jalousie, il faut savoir d'avance que la personne que vous aimez ne vous appartient en aucun cas, car lorsque vous vous rendez compte qu'il existe en elle autre chose, qui vous dépasse et qui vous échappe, avec laquelle vous devez composer, vous êtes amené à réfléchir, intelligemment, et à utiliser des moyens plus subtils à son égard.

A ce moment là, l'autre commence à vous regarder autrement et à s'attacher d'une façon différente à vous, parce que vous commencez à respecter son champ de liberté, que vous arrêtez toute violence à son encontre et qu'il sent qu'il peut avoir confiance en vous. Quand vous n'avez plus de raison d'avoir peur, vous cessez d'être sur vos gardes, vous ne ressemblez plus à un grossier et méchant personnage, vous vous contrôlez et vous arrivez enfin à trouver des solutions aux problèmes posés par votre couple. N'oubliez jamais qu'un être humain est constitué de trois principes : l'âme, le corps et l'esprit. Vous pourrez toujours obtenir les faveurs d'un corps ou dompter les pensées de l'esprit, mais sachez que nul ne peut posséder une âme, car celle-ci est totalement libre et indépendante, parce qu'elle appartient à un autre monde. C'est ce que Laura avait dit, à peu près, mot pour mot à Jean-Jacques.

Et puis… que le mariage, pour elle, c'était avant tout une question de confiance mutuelle, comme un contrat signé avec tacite reconduction, qui devait prendre davantage la forme d'une association de personnes partageant le même but, le même objectif : chacun avait sa place ou son rôle en fonction de son caractère ou de sa personnalité, mais chacun conservait sa liberté pour agir en toute indépendance dans le couple avec plus d'efficacité et de recul par rapport aux expériences vécues par l'un ou par l'autre.

Elle lui avait dit tant et tant de choses sur le mariage… et à propos du divorce, qu'il fallait, avant d'en arriver là, s'assurer que tous les efforts avaient été entrepris pour sauver le couple et que s'il subsistait le moindre doute, **il-fallait-le-vérifier ! !**

Elle se rendait compte finalement qu'elle avait beaucoup de points de vue concernant l'amour, mais que dans la pratique, chaque couple a une histoire différente des autres et qu'en la matière, rien n'est acquis !

Bref, Laura n'avait pas tant besoin en fait de savoir ce qui avait poussé Jean-Jacques à vouloir « récupérer » sa femme, sans doute tout un tas de choses dans lequel J.J. a dû faire le tri et retenir que ce qui l'intéressait. En tout état de cause, il avait fait le bon choix puisque à présent, il était heu-reux comme un poisson dans l'eau ainsi que Linda et les enfants.

Par contre Linda lui révéla une information non négligeable, à savoir qu'elle s'était confiée à Didier, qu'elle estimait énormément, en lui expliquant dans les détails comment J.J. s'était laissé impressionner par la sagesse de Laura.

Laura lui en sut gré car sans le vouloir et sans le savoir, Linda, à sa façon, avait remercié Laura, puisque c'est à partir de ce moment là que Didier avait commencé à porter son dévolu sur elle, et encore plus, quand J.J. lui parlait de cette fille extraordinaire qui lui avait redonné goût à la vie. Et Laura le lui dit, tout naturellement.

Elles étaient quittes et Laura donna également quitus à J.J.

Quand vint le jour du départ de J.J. pour MAYOTTE, toute la famille BENVENUTI se retrouva réunie, à l'aéroport cette fois-ci. Les adieux furent tristes. Surtout pour Jérémy qui aimait Aurélie. Elle avait décidé finalement de suivre sa famille, en sachant qu'elle pourrait nager avec les dauphins, là-bas aussi !

Laura tenta de consoler son fils en lui disant qu'une femme amoureuse revient toujours… sinon, ce n'est pas l'âme sœur. Mais Jérémy n'entrait pas dans ce genre de considérations. A 20 ans, on a l'esprit ailleurs.

Laura se dit que dans la vie, rien n'était vraiment jamais tout noir ou jamais tout blanc, pour tout le monde, en même temps. Il y a toujours du gris… dans les yeux de ceux qui souffrent. Laura avait mal pour son fils.

Le bonheur éternel a t-il une couleur ? Si Laura devait en choisir une, elle choisirait sans doute une couleur dans les tons de l'arc-en-ciel, pour avoir la certitude que toutes les couleurs brillent et s'accordent en même temps. Pour Laura, un arc-en-ciel, c'était comme un accordéon avec lequel elle vibrait en harmonie avec tous les sons… et les couleurs. Le rouge et le noir… et le blanc, ne s'épousent-ils pas ?

Mais c'est si rare de voir un arc-en-ciel ! Ils apparaissent souvent entre la pluie et le beau temps… et parfois dans le soleil couchant… Elle espérait que Jérémy aurait la chance d'en voir souvent. Car pour Laura, c'était un signe d'union ou de réconciliation. Il suffisait de lever de temps en temps la tête vers le ciel !

25. « La roue tourne »

Poussée par Thierry, Laura participa à un concours d'écriture organisé par le Comité de Quartier de Saint-Cloud sur le thème *« un voyage extraordinaire »*. Le frère de Marie-Ange, qui avait l'œil d'un Maître, décela immédiatement en Laura des dons cachés pour l'écriture. Laura avait beaucoup d'imagination, beaucoup d'humour, une sensibilité et une réceptivité accrues par rapport à la normale, et elle possédait l'art et la manière de raconter des histoires. Thierry comprit très vite qu'il avait embauché une petite graine créative.

Laura, sans trop y croire, se lança dans un récit fantastique à mi-chemin entre le rêve, la fiction et la réalité... Elle fut inspirée à bord du « Poète de Dieu », un soir de solitude, pendant que Didier travaillait dur comme d'habitude.

On m'a toujours dit que « la roue tourne » et que mon jour de chance viendrait. Suffisait d'attendre... et surtout d'y croire !

Je me suis donc présentée devant la roue comme on se présente devant un juge ou un prêtre !

C'était une roue gigantesque, impressionnante, posée horizontalement sur le sol. Elle était belle, multicolore et clignotait de mille lumières.

C'était quand même une drôle de roue car elle avait des allures de soucoupe volante. Fascinée, je l'admirai pendant un long moment, en dévisageant les gens qui montaient à bord... Ils avaient tous l'air heureux ! Pourquoi pas moi ! ?

Le voyage était gratuit mais pour y participer, il fallait d'abord passer au guichet d'enregistrement, remplir une petite fiche de renseignements et attendre d'être appelé.

Je me suis donc inscrite sur une liste d'attente pour un « vol de jour ». J'ai toujours rêvé de faire ce voyage extraordinaire, de visiter en un seul jour les 7 merveilles de ce monde ! Le temps, paraît-il, s'arrête là-haut... Il faut le vivre pour le comprendre !

On avait le choix, soit faire la queue, soit patienter dans une salle qui ressemblait fort à un hall d'aérogare. Je choisis d'attendre dans la salle. Je fus surprise de voir autant de monde.

Timidement, j'avançai vers un siège et ne le quittai plus.

Au fur et à mesure que le temps passait, j'eus l'impression, à un moment, de me retrouver dans les coulisses d'un grand théâtre et je n'avais rien d'autre à faire que d'observer les gens. Installée aux premières loges, j'assistais aux différentes scènes de joie et d'euphorie, de déception et de fatigue.

Je sus que certaines personnes attendaient là depuis des heures et des heures en continuant à garder espoir. D'autres, lassées d'attendre et à bout de patience, partaient et perdaient leur tour, mais décidaient de revenir le lendemain.

Moi, je décidai de rester sur place et de croire en ma chance. Je n'avais plus rien à perdre et tout à gagner et de toute façon, rien d'autre à faire, sauf d'observer le comportement des gens, ce qui m'amusa quelque peu.

Le temps passait inexorablement... Cela ne faisait qu'une heure que j'attendais et, malgré tout, je ressentis très vite une certaine indifférence autour de moi et je finis par ne plus regarder tous ces gens et commençai à fixer le vide et à ne plus penser à rien, ce qui était d'ailleurs agréable.

Enfin, après avoir attendu plus de 5 heures, je commençai à douter de mes chances de pouvoir partir aujourd'hui. Mais toujours bien calée sur mon siège, j'étais aussi bien là qu'ailleurs et décidai de suivre les conseils d'une petite voix intérieure qui me disait d'attendre encore un peu. Je me plongeai à nouveau dans le programme du « vol de jour ».

Bien m'en prit, car allait se jouer à présent la carte de la chance.

Il s'approcha de moi pour me demander tout bêtement l'heure. Sa montre s'était arrêtée, comme par hasard... Il devait tout simplement s'ennuyer.

En réponse à sa question, je me mis à rire, encore plus bêtement, et lui montrai du doigt la grosse horloge au beau milieu de la salle qui indiquait déjà 20 heures.

Il m'a regardée d'un air de dire « OK, c'est pas très original, mais j'avais envie de vous parler ».

Et nous avons parlé... pendant des heures et des heures... de ce vol spécial, de lui, de moi... Il avait déjà fait ce voyage autour du monde et tentait sa chance une nouvelle fois. J'ai réalisé que c'était certainement le « vol du siècle » !

Il s'appelait Jean. Nous avons sympathisé et sommes passés très vite « du vous au tu ».

Nous avons attendu, sereinement, tous les deux jusqu'à 5 heures du matin. Et là, on annonça enfin le nom de Jean.

Je le regardai, d'un air de dire « OK, c'est encore à toi de partir, mais c'est pas très juste pour les autres ».

Il se précipita au guichet pour aller retirer son billet. J'ai cru qu'il allait me quitter, comme ça, sans un au revoir.

Et là, quelle ne fût pas ma surprise de le voir revenir vers moi en courant, en me prenant les mains, et en y glissant son précieux billet, en me disant qu'il m'offrait sa place !

Je n'en revenais pas ! Et dire que... j'ai pensé que le sort était injuste ! Dieu merci, il existe encore des gens qui savent faire la part des choses et qui ne tirent pas profit systématiquement de leur chance...

Bien sûr, pour me donner bonne conscience, je refusai. Mais devant son insistance, je n'eus pas le courage de résister longtemps.

Il m'a promis qu'il m'attendrait et qu'il serait là à mon retour et qu'il allait d'ores et déjà inscrire nos deux noms pour un « vol à deux ».

Il m'accompagna devant la roue et, tout émue, avec le soleil levant, je pris place à bord de la dernière navette en partance pour un « voyage extraordinaire ».

Laura, à sa grande surprise, obtint la note de 14,33 sur 20 et fut classée 8ème. Elle eut même droit à un P.S. manuscrit sur le courrier « standard » qu'elle reçut, qui la toucha particulièrement. L'organisatrice du concours avait écrit à l'intention de Laura : *« Le plus important, c'est d'avoir le courage d'écrire à des inconnus. Moi, je ne l'ai pas. Aussi, je vous admire tous. Amicalement ».*

On l'invita à la soirée de remise des prix, mais malheureusement, avec regret, elle ne put s'y rendre. Maître QUI TENTE TOUT avait dicté des notes très importantes dans une grosse affaire pénale et il fallait à tout prix qu'elle termine sa cassette.

Thierry, heureux et plutôt curieux, voulut téléphoner à Madame « PORTE CHANCE » pour savoir si Laura avait été classée 8ème sur 10 ou 8ème sur 50 ! Et si Laura devait recevoir ou non un prix. Mais Laura l'en empêcha. Elle pensa que Thierry accordait trop d'importance à ce qui était loin d'être un événement !

Mais Thierry, fier comme Artaban et fier de sa petite graine, téléphona au Comité de Quartier à l'insu de Laura. Il apprit que Laura avait été classée 8ème sur 72 ! On lui avait également réservé un prix : un stylo de marque ! (remis en jeu pour un prochain concours).

Thierry ne dit rien à Laura et acheta pour sa protégée un stylo Pierre Cardin et l'offrit à Laura pour la récompenser de son excellente prestation.

Laura fut très « zémue » par le geste de Thierry. On ne lui avait jamais offert de stylo… de marque ! En plus, le jour de son anniversaire ! Cela, Thierry ne le savait pas !

Une idée insensée germa alors dans son vieil esprit de 41 ans, comme une petite voix, toujours la même, qui lui dit : *« Ecris pour les gens inconnus, ils ont besoin de toi ! »*

26. « Jus est ars boni et aequi »

Virginie ne pointa pas longtemps au chômage car Mademoiselle Marthe « BIEN HEUREUSE », la secrétaire de Maître BONNE JUSTICE, émit le souhait de partir en préretraite. Good idée !

Marthe s'adressa à Laura, sans autre intermédiaire, pour qu'elle trouve (là aussi !) une perle rare digne de la remplacer et de donner entière satisfaction à Maître BONNE JUSTICE. Laura pensa immédiatement à Virginie.

Virginie ne se fit pas prier et chaudement recommandée par Laura, elle fut embauchée, dans un premier temps, en qualité de Premier Clerc, sans même faire un quelconque essai.

Virginie put enfin mettre en pratique toutes ses connaissances et quelle joie pour Laura de recevoir une lettre de remerciement de la part de Maître BONNE JUSTICE, qui n'avait pas manqué de mentionner sur son papier en-tête le nom de Virginie « PERSEVERANCE » Premier Clerc, juste à côté de son propre nom. En 13 ans de carrière, Laura n'avait jamais vu ça ! Pourtant, elle en avait fait des Cabinets d'Avocats !

Virginie exultait ! Pour la peine, elle invita Laura chez Monsieur « ZEN ».

— Laura, tu te rends compte, je bouge, je bouge ! dit-elle tout excitée.

— Comment ça tu bouges, ça veut dire quoi ? répondit Laura, loin du compte.

— Ça veut dire qu'elle m'envoie aux audiences de mise en état… Je vais au Palais Laura, je rencontre les Juges… Elle m'envoie aux Formalités, aux Impôts, à la Conservation des Hypothèques, à la Bibliothèque, etc…

— Génial ! Super !

— Elle m'a demandé aussi de rédiger moi-même les requêtes, les assignations en divorce, les référés expertise provision, les assignations en paiement, et même des conclusions après expertise !

— Et alors, tu as su ?

— Je veux ! Bon, au début, j'ai un peu ramé car je n'avais plus l'habitude, mais très vite j'ai retrouvé la technique.

— Et niveau salaire et coefficient, tu as pu avoir ce que tu voulais ?

— Oh oui ! Je revis, non seulement j'ai ma qualification de Premier Clerc avec le coefficient correspondant sur mes bulletins de paie, mais elle m'a reprise aussi avec toute mon ancienneté et question salaire, je n'ai jamais autant gagné de ma vie, je suis bien au-dessus de la grille !

— Waouh ! Je suis vraiment contente pour toi tu sais.

— Merci Laura, merci… et l'association… il faut la faire !

— Quand tu veux… mais réfléchis bien, maintenant que tu as un poste avec des responsabilités, est-ce que tu auras le temps de vraiment t'investir ?

— Plus que jamais Laura ! Il faut absolument aider les filles. Elles ont besoin de nous, et ce n'est pas parce que moi, maintenant, je n'ai plus de problèmes qu'il faut laisser tomber !

— Ok, on fonce alors… mais à condition que ce soit toi la Présidente !

— Moi ! Mais… mais… je pensais que tu aurais préféré, toi, tenir ce poste !

— Ecoute Virginie, je pense que par rapport à moi, tu es certainement plus représentative de la profession, mais si ça te pose un problème on peut en parler entre filles et voir qui pourrait prendre les rennes… mais encore une fois, je pense qu'il vaut mieux que ce soit quelqu'un qui ait réussi dans ses fonctions et qui aime par-dessus tout son métier… et je ne vois que toi.

— Ben, je suis très flattée et très touchée par ta confiance… Je veux bien essayer alors… on verra comment ça marche au fil du temps !

— Adjugé vendu, c'est une affaire qui roule ! Bon, si tu veux, je pourrai être la Secrétaire Générale et on pourrait demander à Marthe d'être la Trésorière. C'est une dame extrêmement censée et surtout d'une discrétion absolue. Je pense qu'elle acceptera. Elle m'a dit qu'elle en avait marre de s'occuper de son association de petits vieux du quartier et qu'elle avait besoin à sa retraite de se rendre utile dans une association dynamique. Donc, c'est l'occasion ou jamais !

Madame La Présidente convoqua son assemblée générale. Etaient présentes, outre les trois membres fondateurs, Marie-Chantal (qui devra apprendre à se taire), les anciennes collègues de bureau de Laura (les malheureuses secrétaires), les copines des collègues (encore d'autres malheureuses), les anciennes collègues de Virginie… les copines de ses collègues… et surtout Sylvie, pour redonner de l'espoir à l'assemblée ! Bref, en tout, pour commencer, une vingtaine !

(A ce jour, le Club M.V.L. & Co., c'est à dire, Marthe/Virginie/Laura/ et les Collègues, représente une force non négligeable et c'est surtout une association qui est consultée régulièrement. Les « petites fourmis » gagnent du terrain !).

Virginie commença à lire son discours très distinctement quoique très intimidée :

« Les secrétaires d'Avocats font partie d'une corporation unique et spécifique, en ce qu'elles portent en elles toutes les valeurs et qualités indispensables à l'exercice du métier de secrétaire d'Avocat, c'est à dire l'observation rigoureuse des principes de la justice et de la morale, en un mot la probité qui va de pair avec l'intégrité, outre la discrétion et le respect du secret professionnel ».

Elle redressa la tête. Tout le monde écoutait Virginie ! Elle continua, posément, stimulée par tous ces regards avides de reconnaissance !

« La formation des secrétaires d'Avocats doit avant tout être adaptée à la demande et si la formation professionnelle doit rester un moyen de lutter efficacement contre le chômage, les concepts pour y remédier ne doivent pas aller à l'encontre de l'éthique des professions juridiques. Pour cela, il ne suffit pas toujours de respecter la loi des hommes, encore faut-il respecter la loi naturelle du droit. »

« Le droit est l'art du bien et du juste »
MAGISTER DIXIT !

Elle releva encore la tête. On continuait à l'écouter ! Elle sourit à tout le monde et poursuivit, moins timide.

« Etant moi-même Premier Clerc d'Avocat, j'ai voulu créer cette association parce que les secrétaires juridiques

font partie d'un milieu très spécifique, je dirais même à part, assez fermé, et parfois dur à vivre, voire ingrat, d'où un énorme besoin de reconnaissance ; ce qui ne veut pas dire que nous sommes toutes logées à la même enseigne, je vous rassure.

Ainsi, dans ce milieu, plus que tout autre, nous avons ressenti un grand besoin de communiquer entre nous et le besoin de se regrouper pour se sentir solidaires.

J'ai sympathisé avec Laura DOUCE, co-fondatrice de l'association, dans des circonstances un peu particulières pour ne pas dire pénibles... J'ai été licenciée récemment et elle m'a soutenue dans cette dure épreuve.

Depuis, j'ai retrouvé un emploi, grâce à elle d'ailleurs et à Marthe bien sûr, qui m'a bien volontiers cédé sa place, retraite oblige, et maintenant tout va bien.

Aussi, nous avons décidé toutes les trois de venir en aide à toutes celles qui ont besoin d'aide ou de conseils... on sait exactement comment ça se passe dans ce milieu. Alors n'hésitez pas à nous parler des problèmes que vous rencontrez, à venir vous confier à nous. Nous trouverons ensemble des solutions.

Il a fallu attendre longtemps avant qu'une association voie le jour dans notre secteur d'activité professionnelle. Par voie de conséquence, il faudra certainement attendre encore un peu avant que toutes les langues se délient mais nous serons patientes.

Ce qui est important, c'est de nous faire connaître, faire en quelque sorte notre propre promotion pour obtenir un maximum d'adhésions dans le but de :

1. *s'identifier et se rattacher à un groupe socioprofessionnel unique et spécifique ;*
2. *faire partie d'un groupe solidaire en partageant les mêmes objectifs professionnels ;*
3. *donner l'image ou l'exemple d'une « force tranquille » ou d'une réflexion énergique.*

Nous comptons donc sur vous pour en parler tout autour de vous. Nous sommes à présent à votre écoute. »

Virginie fut très applaudie. Elle n'en demandait pas tant, l'essentiel étant d'inspirer confiance. Elle avait réussi.

Les questions furent posées d'abord au compte-gouttes puis très rapidement, devant l'ampleur des problèmes, elles fusèrent de toutes parts. Virginie ressentit très fort, émanant de la discussion avec ses collègues, un sentiment partagé entre la lutte et l'impuissance. Il fallait trouver le courage et surtout trouver ensemble des solutions.

Pour terminer, tout le monde écouta religieusement le témoignage de Sylvie, qui apporta une lueur d'espoir. Tout n'était pas perdu, Dieu merci. Sylvie avait foi en son métier !

« Je suis entrée dans la profession après avoir arrêté la FAC de Droit à la fin de la première année. Je suis chez le même employeur depuis le commencement, c'est à dire une dizaine d'années maintenant. Six mois après mon embauche, je me suis inscrite à une formation professionnelle grâce à une secrétaire d'avocat, qui pour sa part avait déjà une quinzaine d'années d'expérience à l'époque. Cette amie m'a vanté les mérites de cette école dont elle connaissait le fonctionnement. J'étais jeune, je débutais et cette combinaison travail-étude était parfaite pour moi. Ce

fut une expérience formidable dont je garde encore aujourd'hui un souvenir merveilleux. Nous avions un professeur très dévoué qui nous a transmis son savoir avec passion. Il a su développer en nous les qualités essentielles que l'on attend d'un Clerc.

En ce qui me concerne, j'ai connu une évolution naturelle au fil des années. Je faisais part de mon point de vue sur un dossier, mon employeur était à l'écoute et n'hésitait pas à me laisser mettre en pratique ce que j'apprenais durant les cours. Une confiance profonde et solide s'est très vite installée. Je travaille donc dans un climat serein avec une personne qui a de grandes qualités professionnelles et humaines. Il me semble qu'il est essentiel d'avoir une certaine complicité dans le travail. Le résultat n'en est que meilleur.

J'ai conscience aujourd'hui que plus les années passent et plus il est difficile de garder les qualités que j'ai acquises dans les premiers temps. Je pense que c'est logique puisque ma vie personnelle a évolué. J'ai eu des enfants, ils grandissent, je suis donc beaucoup plus sollicitée. Aussi, j'essaie de me remettre régulièrement en question et de faire le point sur ma façon de voir les choses afin de garder l'équilibre qui est nécessaire pour exercer correctement mon métier. J'ai appris une chose très importante à mon sens : il faut savoir relativiser !

Je tiens à souligner un point, c'est le soutien que je peux avoir à tout moment de la part de mes collègues qui sont dans la profession. C'est une chance exceptionnelle car bien que nous soyons dispersées dans des Cabinets différents, il s'est créé un lien entre nous toutes et nous sommes à présent de nombreuses amies. Nous avons besoin d'évoquer notre quotidien afin de comparer les situations délicates que nous vivons, car nous connaissons toutes dans notre carrière des périodes difficiles, que ce soit à l'égard de nos employeurs, des clients ou encore dans notre vie privée. Nous nous conseillons les unes les autres et gardons toujours la réserve qui nous est imposée de par le secret professionnel. Nous sommes toutes des femmes, notre quotidien est quasiment le même. Je peux dire qu'il y a beaucoup d'ambition en chacune de nous. J'ai pu constater lors de discussions que nous faisions toutes notre travail avec amour et volonté.

Pour les personnes qui ne connaissent pas notre secteur d'activité, lorsqu'on leur parle de réussite professionnelle dans notre métier, il ne s'agit pas d'une question de rivalité ou d'égalité entre les sexes, puisque contrairement à d'autres professions, les hommes sont en minorité. L'idée est plutôt associée à des obstacles qu'il faut surmonter, tels les rapports relationnels difficiles et parfois conflictuels qui existent au sein de certains Cabinets d'Avocats ou encore l'attitude de quelques employeurs s'opposant catégoriquement à toute évolution professionnelle... Personnellement, je situe la réussite dans le fait d'avoir choisi et d'exercer un métier dans lequel je m'épanouis pleinement. Il m'apporte beaucoup tant sur le plan intellectuel que personnel. Il me permet de me réaliser et d'accomplir toutes sortes d'actions. »

Laura, très troublée par les propos de Sylvie, en tant que Secrétaire Générale, clôtura l'ordre du jour de l'assemblée en s'adressant à toutes ses collègues, avec un instant d'hésitation (elle cherchait ses mots), mais elle fut très vite inspirée :

— En conclusion… et sans faire de morale… je pense personnellement… que chacune d'entre nous doit à un moment donné se remettre en question, faire le bilan de ses compétences… que celles qui aiment leur métier, que celles qui veulent rester dans ce milieu et faire carrière chez les Avocats, doivent absolument trouver de bons compromis, dès le départ, avec leur patron, sinon elles se retrouveront vite face à un mur d'incompréhension, d'insatisfaction et de contrariétés quotidiennes.

Pour celles qui ont foi en leur métier, comme Sylvie, sachez que vous exercez un métier… pas comme les autres… auprès de gens qui ne sont pas comme les autres… vous devez vous sentir privilégiée, car être la secrétaire d'un Avocat ou 1er Clerc d'Avocat, cela veut dire exercer un des métiers les plus nobles… car c'est un métier de confiance par excellence… et lorsque les gens vous font confiance, **c'est le plus beau cadeau que l'on puisse vous faire.** Encore faut-il avoir la chance de tomber sur le Docteur d'Etat en Droit « pas comme les autres », sinon n'hésitez pas à partir à la recherche de l'avocat perdu… car tôt ou tard « qui se ressemble s'assemble »…

Vous avez entre les mains un outil formidable, un avantage dont il faut que vous profitiez, c'est votre Convention Collective ! Une des meilleures ! Vous devez vous battre pour améliorer votre statut et vos conditions de travail ! Lorsque vous revendiquez un droit, n'hésitez pas à rappeler les articles de votre convention à votre patron. Vous ne devez pas avoir peur de le faire, car vous démontrerez tout simplement que vous êtes attachée au respect de la loi, telle une bonne secrétaire d'Avocat !

Même si les Prud'Hommes sont parfois le seul moyen de régler vos problèmes, personnellement, je pense que ce n'est pas forcément le meilleur moyen… C'est jeter l'opprobre sur toute la profession ! Tant sur les Avocats que sur leurs secrétaires qui en subissent, elles, davantage les conséquences… Il vaut mieux vous unir, vous solidariser et vous battre pour que la Convention Collective soit claire sur tous les points et qu'elle ne laisse plus planer le doute… qui profite malheureusement, le plus souvent, à l'employeur ! De même, il vaut mieux laver son linge sale en famille, vous battre au sein de chaque Barreau pour dénoncer systématiquement auprès du Bâtonnier de l'Ordre des Avocats certains comportements ou certaines situations qui ne rendent pas « Honneur Amour Gloire et Beauté » au monde de la Justice !

Vous l'avez compris, en ce qui me concerne, je me suis remise en question et j'ai changé de métier, mais si je suis là aujourd'hui pour témoigner de mon expérience, c'est pour essayer de vous faire comprendre que dans n'importe quel domaine, on doit toujours se battre, et dans le vôtre, encore plus, car c'est votre tâche et votre rôle ! Votre légende ! Vous devez montrer l'exemple, quitte à défiler dans la rue et « mettre le feu », comme disent les marseillais ! Engagez-vous dans la lutte ! La lutte syndicale ! Mais pas n'importe quelle lutte et pas n'importe quel Syndicat ! Soyez philosophes, choisissez la négociation constructive et positive !

Laura se tut enfin mais une pensée secrète traversa son esprit à toute vitesse et la transfigura : les avocats – surtout les pénalistes – raffolent de la dialectique et de la maïeutique ! Oui, c'est ça ! Ils s'en servent souvent dans leurs plaidoiries pour convaincre le Jury et parfois même les Juges ! Aboutir à la manifestation de la vérité ! C'est tout un art ! Un précieux enseignement à partager avec les autres ! Pas étonnant que Laura soit tombée juste là, dans ce milieu, le juste milieu peut-être…

Avant de quitter définitivement la Profession, Laura fut invitée à la table des dieux, là où se joue précisément le sort des secrétaires et clercs d'avocats.

Etaient présents :
- Monsieur « Le Beurre »,
- Monsieur « L'argent du beurre »
- Madame « La culotte de la crémière »

Etaient absents : Monsieur « Le pain » et Madame « Du Boursin » !

Un repas sans pain ni boursin ! Autant boire « le café du pauvre » !

27. « On récolte toujours ce que l'on sème »

Bruno fut condamné à 6 mois de prison avec sursis.

Il devint Ingénieur Informaticien et adhéra au Groupe « JUSTICE ET LIBERTE » afin de militer et soutenir la cause des détenus « présumés innocents » qui mènent un combat de longue haleine en vue de changer tout le système… à tous les niveaux, de la prévention à la répression en passant par le judiciaire, le carcéral, sans oublier l'action principale : la réinsertion ! !

C'est Bruno qui organisa au sein du Groupe, avec le soutien de Laura (et J.J.) une conférence sur le monde de la Prison qui remporta un succès, sans précédent, qu'ils n'espéraient pas. Il faut dire qu'ils avaient mis le paquet avec les Médias ! Et les jeunes, aussi bien des quartiers « privilégiés » que des quartiers dits « à risque », se précipitèrent en masse, sans heurts. Le sujet était délicat mais exposé avec humour, dans la bonne humeur. Il faut dire aussi qu'ils avaient engagé un animateur de choc, Jérémy WILLIS de RADIO NUMBER ONE, qui devint en l'espace de quelques mois un vrai pro de l'animation.

Marie-Ange prit ses nouvelles fonctions de Major à cœur. Elle s'attacha à ce que son service soit exemplaire. Elle réunissait souvent toutes les infirmières pour parler des problèmes et trouver des solutions. Elle s'était juré de ne pas ressembler à certaines « chefs » qui n'avaient pour seul but que de semer la zizanie dans le service et notamment entre infirmières et de « diviser pour mieux régner » afin de mieux briller devant les dieux Professeurs et Médecins et monter encore plus haut dans la hiérarchie !

Elle privilégia surtout l'accueil des familles et mit tout en place pour que celles-ci ne soient plus désorientées et choquées outre mesure…

Robin devint effectivement l'associé de Didier. A tous les deux, ils firent un malheur dans la capitale et leur renommée dépassa l'échelle nationale. Aussi, pour voir The Didi, Laura devait parfois prendre rendez-vous…

Robin, avec sa nouvelle vie, voulut à tout prix un autre enfant. Marie-Ange, approchant la quarantaine, y réfléchit à deux fois. Elle avait toujours souhaité avoir un troisième enfant… Elle avait même tenté ces deux dernières années d'en faire un, mais en vain. Résignée, elle avait abandonné cette idée. Elle décida finalement, par amour pour Robin, de laisser libre choix au destin. Elle n'avait pas trop d'espoir. Et pourtant… miracle ! Elle tomba enceinte et l'échographie révéla rapidement qu'elle mettrait au monde un petit garçon… en bonne santé. Elle avait choisi de se faire suivre par un « Docteur de la Grâce » !

Jean-Jacques, Linda et leurs enfants donnaient de temps à autre des nouvelles. Le projet de J.J. fonctionnait à merveille. Jérémy économisait pour pouvoir partir en vacances là-bas cet été et retrouver sa belle.

Didier alias « The Didi », fut le roi incontestable de la fête parisienne. Il avait trouvé sa thérapie avec Le Barachois. Dans ce lieu magique, il renouait avec sa vraie personnalité. C'était un homme de contact que la Prison aurait dû chercher à réinsérer et non pas à briser. Le but de la détention n'est-il pas de faire ressortir des hommes, sains (de corps et d'esprit !), parfaitement « reconstruits » par les bons soins de l'Administration Pénitentiaire ?

Jérémy, après son BTS, avait décidé de faire une école de journalisme et de parcourir le monde... et de ne pas se marier avant 30 ans...

Laura se lia d'amitié avec Dominique, l'ex-curé de la campagne toscane. Elle l'aidait énormément dans ses activités humanitaires. Laura comprit pourquoi son homme se démenait au Barachois. L'entretien des péniches coûtait cher et toutes les sorties organisées pour les enfants étaient entièrement gratuites... Il était seul à présent à financer la flotte de Dieu ! Jean-Jacques avait vendu ses parts pour monter son projet à MAYOTTE. En phase de démarrage, il ne pouvait aider l'association des péniches. Les trois frères avaient donc décidé de louer « LA VOLONTE DIVINE » qui correspondait à une surface habitable de type 4. C'est Marie-Ange, séduite par l'originalité, qui s'y installa avec son mari et les jumelles.

Laura, elle, vécut, heureuse, avec The Didi sur « LE POETE DE DIEU ». Monie vint les rejoindre, ravie de retrouver son papa. Jérémy, par contre, encore plus ravi que Monie, s'éloigna de quelques mètres de sa mère et vécut sur « L'ŒUVRE DE DIEU » avec Dominique. Bref, il y avait de la place pour tout le monde, grâce à Pépé Giuseppo. Dieu ait son âme !

Laura travaillait donc avec Thierry le matin à la librairie et tous les après-midi, elle partait à la rencontre des gens, avec son ordinateur portable, pour écrire leur histoire ! Ainsi, elle arrivait à gagner correctement sa vie, tant et si bien que The Didi lui aménagea un coin bureau sur la péniche et l'aida à démarrer sa propre boîte. Son rêve se réalisa ! Laura devint une artiste-créatrice d'histoires de familles, célèbre en plus. Dieu merci, elle savait taper !

Très important : Laura continuera à perdre peu à peu tous ses kilos. Le jour de son mariage, elle sera belle et mince dans sa robe aux couleurs de l'arc-en-ciel et The Didi en blanc et gris sera beau comme un dieu, celui de Laura. Il ouvrira le bal avec Laura au Barachois et The Didi chantera « Je t'aimais, je t'aime et je t'aimerai » et inventera pour sa Laura des ainsi soit-il ! ! !

Histoires à suivre…

Epilogue

Comme je n'ai pas eu la chance de partir cet été, j'ai pris un réel plaisir à voyager à travers mon livre pendant mes vacances. J'ai navigué avec les phrases, joué avec les mots (et les maux), j'ai écrit jour et nuit…

Je ne peux plus me passer de cette envie qui s'avère être une passion. Je comprends comment fonctionnent à présent les écrivains. Ils voyagent – librement – avec le temps, les gens, les époques, les pays. Ce sont comme des esprits qui vont, qui viennent et qui reviennent…

L'écriture me rend vraiment heureuse et m'épanouit pleinement.

« La lecture de tous les bons livres est comme une conversation avec les plus honnêtes gens des siècles passés »

Descartes

Achevé le 16 septembre 2001.

Marie DOUCE WILLIS

In fine

Si Dieu se manifeste à travers tous ceux qui souffrent, je veux bien être la secrétaire de tous ceux qui ont mal. A croire qu'il n'y a que dans la souffrance que les gens apprennent à être tolérants, à se respecter les uns les autres et à s'aimer les uns les autres. Il faut se bouger, voyager ! Je ne vois pas d'autre issue vers le bonheur, du moins en ce qui me concerne ; c'est le choix que je fais à partir d'aujourd'hui : celui de partir à la rencontre de ceux qui souffrent, car c'est toucher à la source de la Connaissance, comprendre l'existence de la vie, faire la différence entre le bien et le mal, et y puiser toute la force et la sagesse nécessaires. Je n'ai rien à apprendre de ceux qui ont TOUT et de ceux qui se disent HEUREUX.

Le vrai bonheur se puise dans le cœur de ceux qui souffrent. C'est là qu'il faut aller chercher la vérité et notre raison de vivre. Chacun doit y trouver sa réponse. Allez-y, elle n'attend plus que vous ! La légende !

J'ai écrit ce livre au nom de tous ceux qui souffrent et qui sont les miens et pour tous ceux qui ont perdu le goût de vivre ou qui ne savent plus quelle direction suivre.

Votre « mission », si vous l'acceptez, est de garder précieusement ce livre que vous avez acheté ou qui vous a été offert, d'acheter le même et de l'offrir à une personne de votre entourage que vous aimez bien.

Vous lui dédicacerez ce nouveau livre et la personne que vous avez choisie fera de même pour quelqu'un d'autre. Et ainsi de suite…

En procédant de cette façon, nous arriverons à créer une chaîne de l'amitié et de la solidarité, puisque tous les fonds récoltés de cette façon seront reversés à des associations qui aident tous ceux qui souffrent…

Si vous souhaitez soutenir ce projet, n'hésitez pas à laisser vos coordonnées sur notre messagerie Internet : boumba13@neuf.fr

Merci de votre soutien. Cela prouve que vous avez tout compris et que vous êtes sur le bon chemin.

Remerciements

Tout d'abord, je remercie mon petit comité de lecture, mes amies les « petites fourmis », c'est à dire **MES COPINES** pour leurs précieux conseils. J'ai particulièrement été très sensible à leur discrétion et leur profond désir de voir mon projet aboutir. En un mot, j'ai largement apprécié leur **solidarité… féminine.**

Un grand merci à tous les « anonymes » qui m'ont inspirée dans l'écriture de ce « roman » et qui vont certainement se retrouver dans tel ou tel personnage. Les exemples, heureusement (ou malheureusement) n'ont pas manqué. Et encore, celles et ceux qui sont dans la profession constateront que je n'ai pas tout dit (la vérité) sans doute parce que j'aime encore mon métier et que je ne veux surtout pas choquer les esprits des gens bien pensants.

Je remercie le jeune avocat qui a pris le temps de lire ma prose et qui m'a simplement dit qu'il y avait trop de points d'exclamation dans mon texte. Difficile en effet de s'arrêter juste sur un point, lorsqu'on a envie de pousser un grand cri… Et pour répondre à sa seule question : oui, Maître, ça se passe vraiment comme ça…

J'ai pu obtenir également les conseils d'autres avocats, les bons, et je les en remercie.

Enfin, j'exprime toute ma reconnaissance à un éminent journaliste qui, lors d'une situation quelque peu cocasse et

« mouvementée », m'a félicitée pour mon *« courage d'avoir pris parti dans notre monde moutonnier et passe-muraille »*. J'ai connu, grâce à lui, un moment de grâce, un moment de gloire, comme je vous souhaite à tous d'en éprouver un jour. Il m'a dit : *« ma lectrice existe, je l'ai rencontrée, pourrai-je désormais dire fièrement ! »*.

Et bien évidemment, je n'oublie pas les avocats pour lesquels j'ai travaillé. Sans eux, je n'aurais pas réussi à trouver ma voie. Tout s'explique.

Septembre 2005 : Je prépare actuellement mon tome II. Je préfère vous prévenir : il y aura moins de romance… et des retournements de situations plutôt inattendus… La loi du plus fort va encore frapper… Nul ne peut échapper à son destin, mais notre héroïne trouvera encore un sauveur sur son chemin…

Table des matières

Achevé d'imprimer en France
Protection IDDN